天魔劍仙

천마검선

일공 新무협 판타지 소설

FANTASTIC ORIENTAL HEROES

천마검선 4

일륜 新무협 판타지 소설

초판 1쇄 찍은 날 § 2008년 10월 9일
초판 1쇄 펴낸 날 § 2008년 10월 17일

지은이 § 일륜
펴낸이 § 서경석

편집장 § 문혜영
편집책임 § 유경화
편집책임 § 정서진 · 최하나

펴낸곳 § 도서출판 청어람
등록번호 § 제1081-1-89호
등록일자 § 1999. 5. 31
어람번호 § 제2-1592호

주소 § 경기도 부천시 원미구 심곡동 163-2 서경B/D 3F (우) 420-010
전화 § 032-656-4452 팩스 § 032-656-4453
http://www.chungeoram.com
E-mail § eoram99@chol.com

ⓒ 일륜, 2008

ISBN 978-89-251-1503-0 04810
ISBN 978-89-251-1339-5 (세트)

마신출현

4

천마검선

일르만 新무협 판타지 소설 | FANTASTIC ORIENTAL HEROES

天魔劍仙

청어람

目次

제1장	피를 부르는 이름	7
제2장	자하검의 백광	37
제3장	마신	71
제4장	검무	105
제5장	재회	137
제6장	천마검의 주인	171
제7장	점창파로 가는 길	201
제8장	땅 끝에서 시작된 행보	239
제9장	강기갑(罡氣鉀)	273
제10장	잠룡들	305

第一章
피를 부르는 이름

적우강이 무모하게도 탑하륵의 검에 손을 댔다.

'너무 싱겁군.'

탑하륵은 적우강을 높이 평가한 것이 후회됐다.

날을 세우고 있는 잠마밀검(箴魔密劍)에 손을 댄다는 것은 자살행위나 마찬가지인 까닭이다.

서장(西藏)에선 살귀로 이름을 날리던 탑하륵.

오래전 절전된 밀교(密敎)의 무공을 익히고 있었다.

그러나 그것만으로는 마중천의 내관에 들어가는 것조차 힘들었다.

밀교 무공이 정면승부보다는 암습 위주의 무공인 반면 마중천의 무공은 직접적이고 강함을 추구하는 까닭에 위로 올라가려면 잠마밀검의 단점을 보완해 줄 무언가가 필요했다.

그것이 명광석이었다.

적우강을 대하던 마귀검왕의 이상한 행동만 아니었어도 나서지 않았을 것이다.

마귀검왕의 실력은 그도 인정하는 바, 명광석을 얻은 기념으로 맘껏 즐겨볼 요량으로 나섰건만 적우강의 반응이 영 아니었다.

'이럴 줄 알았으면 일검에 숲을 갈라 버린 그자를 상대하는 것이 나을 뻔했군.'

탑하륵은 혁련궁이 떠난 것이 못내 아쉬웠다.

파핫.

탑하륵의 진기를 한껏 빨아들인 명광석이 고양이 눈처럼 발광했다. 이대로 손만 뒤집으면 적우강의 손가락은 모두 잘릴 것이다.

꾸등─

"응?"

탑하륵은 잠마밀검을 뒤집으려 했지만 손이 꿈쩍도 하지 않았다. 눈을 돌려 적우강을 쳐다봤다. 적우강은 잠마밀검을 잡은 채 아무런 반응도 하지 않았다.

'이런 위화감이란…….'

그의 놀람은 아직 끝나지 않았다.

잠마밀검의 검신을 잡은 적우강의 손이 붉게 물들기 시작
했기 때문이다.

'윽.'

붉어진 적우강의 손에서 무지막지한 힘이 잠마밀검을 통
해 전해졌다.

'미, 밀고 올라온다!'

탑하륵의 눈 밑이 검게 변했다.

잠마밀검을 통해 들어온 적우강의 기운이 탑하륵의 팔을
마비시켰다.

탑하륵은 눈을 부릅뜨며 적우강을 쳐다봤다.

너 따위가 감히 나를 상대하려고?

진정한 힘이란 이런 것이다!

적우강의 눈에서 그런 외침을 듣는 것 같았다.

부르르.

탑하륵은 잠마밀검을 든 채로 전신을 떨었다.

명광석의 힘까지 흡수한 그를 겨우 스물을 갓 넘긴 애송이
가 압도하고 있었다. 발작처럼 잠마밀검을 잡은 손에 힘을 가
했다.

그러자 적우강의 손과 잠마밀검 사이에서 폭발이 일어났다.

쾅!

적우강이 무슨 수법을 사용했는지 탑하륵은 전혀 알 수 없었다. 단지, 적광이 다가온다는 것을 깨닫는 순간 그의 몸은 움직였다.

발이 땅에 닿은 상태였음에도 그의 몸은 폐허가 된 숲을 일직선으로 가르며 날아갔다.

밀려난 흙이 쌓여 더 이상 밀릴 곳이 없게 돼서야 멈췄다.

'뭐지? 내가 지금 나가떨어진 건가?'

탑하륵은 자신의 몸 상태를 점검해 봤다.

충격을 받은 것뿐 몸에는 별 이상이 없는 것 같았다.

슥.

'흡!'

탑하륵은 흙을 털어내려다 어느새 다가온 적우강을 보고 가만히 있었다.

적우강의 손이 살짝 흔들렸다.

콰콰콰!

탑하륵을 묻고 있던 흙들이 사방으로 날아갔다.

아무리 정신이 없는 상태라도 그 순간을 놓칠 탑하륵이 아니었다.

흙더미가 흩어지는 순간 엄청난 속도로 적우강을 향해 잠마밀검을 뽑았다.

턱.

"헉!"

어처구니없게도 탑하륵은 더 이상 앞으로 나갈 수가 없었다. 잠마밀검을 잡은 손 때문이었다. 채 뽑기도 전에 다시 적우강의 손에 잡힌 것이다.

"이, 이럴 수가……."

탑하륵은 두 번이나 잠마밀검이 적우강의 맨손에 잡히자 자신의 무력함에 절망하고 말았다. 그런 그를 바라보는 적우강은 오른손을 움켜쥐었다.

투둑.

"……!"

탑하륵의 눈이 더 이상 커질 수 없을 정도로 커졌다.

적우강의 의도를 짐작한 까닭이다.

적우강은 지금 잠마밀검을 부수려 하고 있었다.

"마, 말도 안 돼. 잠마밀검에 명광석……."

탑하륵은 말을 끝까지 할 수 없었다.

틱.

잠마밀검의 검신 끝에 미세한 균열이 보였다.

한 번 깨진 잠마밀검의 균열이 퍼지는 건 순식간이었다. 검신 전체가 거미줄 모양으로 변하더니 곧이라도 검신이 터질 것처럼 위태위태해졌다.

그러나 더 큰 문제가 있었다.

탑하륵이 잠마밀검을 뿌리치고 싶어도 적우강의 힘 때문에 손가락 하나 까딱할 수 없기 때문이다.

쾅!

결국 폭발이 일어났다.

폭음과 함께 먼지가 사방으로 퍼져 나갔다.

스스슷.

잠시 후, 그 먼지를 뚫고 상처 하나 없는 몸의 적우강이 걸어나왔다.

탑하륵의 실력이 어느 정도인지 알고 있는 찬마흑살대원들은 일제히 진저리를 쳤다.

모두들 적우강에게 시선이 집중되어 있을 때 또 다른 싸움이 끝났다.

쾅!

낭백의 혈염도가 그림자 인영의 몸을 뚫어버렸다.

"다음부턴 상대를 봐가며 암습을 해라."

혈염도에 의해 구멍 뚫린 인영 때문에 다시 한 번 찬마흑살대원들은 심장이 서늘해지는 것을 느껴야 했다.

"주군, 끝났습니다."

낭백은 적우강과 시선이 마주치자 허리를 숙였다.

꿀걱.

마중천의 무리들 사이에서 마른침 삼키는 소리가 흘러나왔다. 그들의 눈에는 낭백이 어마어마한 괴수로 보였는데 그런 괴수가 적우강을 향해 고개를 숙인 것이다.

어느새 손을 멈춘 혁련세가와 하란세가의 무장들 역시 낭백을 보며 할 말을 잃고 말았다. 그들은 보고에 의해 외팔이 노인이 혈염도 낭백이란 것을 알고 있었다.

"삼십 년 전의 대살성 혈염도 낭백이 저토록 어린 청년에게 주군이라 부르다니……."

그들은 자신들도 모르게 주춤 뒤로 물러서고 말았다.

삼십 년 전에 이미 단신으로 정도의 고수 백여 명을 죽인 적이 있는 살인마와 그런 살인마가 주군으로 모시는 청년.

이 상황을 어떻게 해석해야 할지 판단이 서질 않는 것이다.

다행히 적우강이 입을 열어주었다.

"나는 점창파의 장문대행 적우강이다. 오늘, 이곳에 있는 마중천의 무리는 그 누구도 살아서 돌아가지 못한다."

적우강의 시선이 한쪽으로 돌아갔다.

그곳에는 혈포인 열 명을 모두 죽이고 적우강의 명령을 기다리며 서 있는 구자귀와 가대건이 있었다.

"장문대행의 명을 기다립니다!"

구자귀와 가대건이 동시에 외쳤다.

삼 년 만에 처음으로 적우강이 자신의 진짜 신분을 밝혔다.
이 의미를 아는 사람들은 극소수였다.

"사형들, 그동안 잘 참으셨습니다. 이제 시작합니다. 찬마
흑살대를 시작으로."

"……!"

"……!"

적우강의 말이 채 끝나기도 전에 구자귀와 가대건의 눈빛
이 달라졌다. 묵투와 백갑을 낀 두 사람의 전신에서 기운이
급격히 팽창했다.

쉬쉭.

두 사람이 엄청난 속도로 찬마흑살대를 누비기 시작했
다.

"호."

낭백은 두 사람의 빠른 움직임에 한 번 놀라고, 찬마흑살대
를 도륙하는 그 둘의 과감한 손속에 한 번 더 놀라고 말았다.
살인에 꽤나 익숙한 동작들이었다.

구자귀와 가대건의 검이 한 번씩 번쩍일 때마다 찬마흑살
대원들의 시체가 무서운 속도로 늘어났다.

'내 운명도 참…….'

낭백은 아무리 생각해도 자신의 신세가 우스웠다.

정도와는 같은 하늘을 이고 살지 못하는 그가 점창파의 수

장을 주군으로 모시게 된 것이다.

앞으로 겪어야 될 일을 생각하자 절로 씁쓸해질 수밖에 없었다.

적우강은 서늘한 봉목으로 두 사형의 손속을 지켜봤다. 이 자리는 저 두 사람만으로도 충분했다. 시선을 들어 마귀검왕이 사라진 곳을 올려다봤다.

저곳에 곽일비가 있었다.

'마귀검왕과 곽일비는 오늘, 이곳을 벗어나지 못한다.'

두 사람이 죽을 곳은 이곳이 아니었다.

적우강의 앞머리가 불어온 바람에 의해 흘러내렸다.

'저 나이에 저런 수양이 가능한 것인가?'

낭백은 적우강의 사연을 들어서 알고 있었다.

머리카락을 쓸어 넘기는 차분한 모습에 절로 혀를 찼다. 그의 혈염도 삼초식을 주먹 하나로 부숴 버릴 힘을 가지고 있으면서 저런 냉정함까지 지니고 있는 것이다.

"주군, 가시죠."

낭백은 적우강의 곁으로 다가가 허리를 숙인 후 앞장서려 했다. 그 모습에 적우강은 픽, 웃음을 짓고 말았다.

"그렇게 부르지 않아도 된다고 말씀드렸잖습니까."

"제 태도가 마음에 들지 않으십니까? 말씀을 해주시면 고치도록 하겠습니다."

"그런 게 아니라, 낭 대협……."

"낭백이라 부르십시오. 부하에게 그런 칭호는 맞지 않습니다."

낭백의 표정은 진지했다.

주군으로 모시겠다며 넙죽 절을 올릴 때와 같은 표정이었다.

적우강은 이곳에 오기 전의 상황을 떠올렸다.

낭백이 혈염도 삼초식 혈주자염을 일으키며 전력을 다해 덤볐을 때, 적우강의 오른손이 제멋대로 단전의 힘을 빨아들였다. 삼 년 전, 형우를 상대할 때 이후 처음으로 일어난 현상이었다.

오른손을 제어하기 위해 자하검을 왼손에 쥐고 현천진기를 일으켰지만 그때는 이미 오른손에 깃든 힘이 적우강의 통제를 벗어나 있었다.

결국 낭백의 혈주자염은 적우강의 오른손에 의해 부서졌고 혼절에서 깨어난 지 반시진도 안 돼 낭백은 다시 혼절하고 말았다.

낭백의 태도가 바뀐 것은 두 번째 혼절에서 깨어난 직후부터였다. 무조건 적우강을 주군으로 모셔야겠다는 것이다.

"낭백, 안내해라."

"명을 받습니다."

적우강의 말이 떨어지기 무섭게 낭백은 힘차게 대답하며 신형을 뽑아 올렸다.

투두둑—

거셌던 빗방울이 잦아들기 시작했다.

낭백의 안내를 받으며 숲을 빠르게 지나치던 적우강의 시선이 돌아갔다. 아무것도 없는 숲의 형상을 띠고 있었으나 적우강의 눈을 피할 수는 없었다.

"나와라."

적우강은 제자리에 멈춰 서며 그곳을 향해 말했다.

"……?"

낭백은 신형을 회전시키며 적우강의 곁으로 내려섰으나 아무리 살펴봐도 인기척이 느껴지질 않았다.

"계속 숨어 있을 생각이냐?"

적우강이 다시 한 번 입을 열었다.

"흐흐흐. 내 기척을 눈치 챈 건가? 대단하군. 역시 마마대공님의 생각대로 천주님의 내공을 얻은 게냐?"

모습을 드러낸 자는 마귀검왕이었다.

"그게 무슨 말이냐? 천주?"

"천주님의 실종과 네가 어떤 식으로든 연관이 있다는 뜻이지. 부정하진 않겠지? 그것이 아니라면 내 기척을 느낄 수 있을 리가 없거든."

"……."

적우강은 마귀검왕의 말에 자신도 모르게 뜨끔했다.

마귀검왕이 낸 기척을 들은 것이 아니라 익숙한 기운에 반응을 했다는 것이 맞았다. 더구나 한 번도 생각해 본 적 없는 말까지 들었다.

천주.

마귀검왕이 천주라 부를 수 있는 자는 오직 한 명뿐이었다.

전대 마중천주 관걸.

"네가 말한 천주란 자가 혹시… 눈썹과 머리카락은 물론이고 장포에 검까지 붉은색만 사용하는 노인을 말하는 건 아니겠지?"

"역시! 천주님을 만났구나!"

마귀검왕의 눈에서 빛이 번쩍했다.

적우강은 미간을 찌푸렸다.

'그가 관걸이라고? 그럼 그 백광은 뭐지?'

적우강은 열 살 때 겪었던 청해호에서의 일을 떠올렸다. 너무 선명해서 지금도 꿈을 꾸는 장면을. 붉은색 일색의 노인과 백광이 어우러지다 갑자기 모두 사라져 버린 그 장면을.

"그가 관걸이었군. 무시무시하게 생겨서 겁먹었던 기억이 있는데……."

적우강은 말을 하다 말고 자신도 모르게 피식 웃고 말았다. 허공에서 사라지기 전에 마구 욕설을 퍼붓던 모습이 기억난 것이다.

"저, 정말로 천주님의 내공을 얻은 게냐?"

마귀검왕은 적우강이 순순히 인정을 하자 말을 더듬으며 다시 한 번 확인하려 했다.

"네 말을 들으니 그런 것 같군. 그것만은 아닌 것도 같지만."

"……!"

마귀검왕의 안색이 갑자기 해쓱해졌다.

곽일비와 혁련궁의 싸움을 방해하지 못하게 하려고 한 말이 사실이 되어버린 탓이다. 적우강의 말이 사실이라면 적우강은 관결의 진전을 이은 후계자나 다름없었다.

"곽일비는 지금 어디 있느냐?"

"……."

"대답하지 않아도 된다. 어차피 이 근처일 테니까."

적우강의 혼잣말이었다.

마귀검왕은 적우강의 눈을 보자 조금 전까지만 해도 맹렬히 차올랐던 살기가 눈 녹듯이 사라지며 머리카락이 쭈뼛 서는 것을 느꼈다.

'천주님의 후계자가 나타났다. 이런 일이… 하나 내가 모

시는 분은 전대 천주님의 후계자 따위가 아니라… 오직 마마 대공님뿐이다.'

마귀검왕의 머릿속에 적우강을 상대하며 곽일비에게 시간을 주려던 생각이 백 리 밖으로 사라졌다. 하지만 물러서는 것도 쉽지 않았다.

차착.

마귀검왕의 소매 속에서 파란 섬광이 번쩍였다. 아니, 번쩍였다 싶은 순간 두 개의 파란 섬광이 환상처럼 적우강의 목덜미를 쏠고 있었다.

쉬쉬쉭—

순식간에 적우강의 목은 푸른 섬광에 휩싸였다.

"주군!"

뒤에서 지켜보던 낭백이 아차 싶은 표정으로 막으려 했을 때는 이미 늦었다.

적우강의 목이 잘리려는 순간.

슷.

적우강의 신형이 제자리에서 사라졌다가 목을 노리고 날아오는 푸른 섬광을 향해 오른손을 뻗었다.

적우강과 탑하득의 싸움을 봤다면 마귀검왕은 결코 득의한 표정을 짓지 않았을 것이다.

"죽어라!"

마귀검왕은 웃으며 적우강의 오른손을 자르기 위해 더욱 힘을 가했다.

쾅!

벼락 치는 소리와 함께 인영 하나가 튀어나갔다.

마귀검왕이 적우강의 오른손에서 나온 마기를 감당하지 못하고 튕겨져 나간 것이다.

마귀검왕은 믿을 수 없다는 표정으로 자신의 양손을 내려다봤다. 검은 이미 박살이 나 있었고 검을 잡았던 그의 양손은 참혹하게 뭉개져 있었다.

"이, 이럴 수가… 이, 이런… 어, 엄청난 마기라니……. 처, 천주님의 내공… 컥!"

포물선을 그리며 날아가던 마귀검왕은 말을 끝내지 못하고 피분수를 쏟으며 허공에서 늘어졌다.

"낭백, 가자."

"예? 예, 주군."

낭백은 적우강의 손속을 보고 속으로 혀를 내둘렀다.

마귀검왕의 실력은 탑하륵 이상이었다. 그런 마귀검왕이 적우강의 일권을 견디지 못하고 즉사하고 만 것이다.

적우강은 낭백이 처음 만났을 때와는 비교도 할 수 없이 강해져 있었다. 마치 잃었던 기억이 조금씩 되돌아오는 것 같다고나 할까? 물론 어느 쪽이든 낭백으로서는 기분 좋은 일이었다.

막 두 사람이 자리를 떠났을 때였다.

꿈틀.

죽은 것처럼 늘어졌던 마귀검왕의 신형이 움직였다.

"빠, 빨리 알려야… 한다. 수라검귀가… 천주님의 내공을… 가졌다. 크흑… 아, 알려야 한다."

마귀검왕은 억지로 신형을 일으키더니 입으로 자신의 옷을 찢어 뭉개진 양손을 감싼 뒤 두 사람이 사라진 방향의 반대쪽으로 몸을 날렸다.

스슷.

마귀검왕이 사라진 자리에 두 개의 그림자가 나타났다. 반대 방향으로 몸을 날렸던 적우강과 낭백이었다.

적우강은 일부러 마귀검왕을 살려놓고 움직이길 기다렸던 것이다.

'자하검이 왜 그렇게 오른손을 벗어나려고 했는지 알 것 같다. 관걸의 힘을 거부한 거였어. 하지만 호수에서 봤던 붉은 옷을 입은 자가 관걸이라면… 그를 먹어치운 백광은 뭐지?'

적우강은 도망치는 마귀검왕을 지그시 바라보는 동시에 오른손을 주억거려 봤다.

몸속에 흐르는 알 수 없는 마기의 근원에 대해 조금은 알게 된 것 같아 기분이 좋아졌다. 하지만 지금은 그것보다 다른 일이 우선이었다.

마중천의 무리들을 끌어들여 그의 사형들을 죽게 만들고 서벽풍에게 비수를 꽂은 곽일비를 죽여야 하기 때문이다.

당가의 독에 중독되어 꼭두각시처럼 생활하던 주정민, 화산파에서 마부를 하며 몹쓸 취급을 받았던 구자귀, 어쩔 수 없이 떠나보내야 했던 당백지.

이 모든 일이 곽일비로부터 시작됐다.

피를 부르는 놈, 곽일비!

적우강으로부터 터져 나온 엄청난 살기가 삽시간에 주위로 퍼졌다.

'흡!'

낭백은 자신도 모르게 몸을 움츠렸다.

적우강이 드러낸 살기는 그조차 지금까지 경험해 보지 못한 엄청난 것이었다.

마귀검왕은 적우강과 낭백이 자신의 뒤를 따라가고 있다는 것을 전혀 눈치 채지 못하고 곽일비가 있는 곳으로 안내하는 중이었다.

"일부러 살려주신 겁니까?"

낭백은 참고 있던 질문을 했다.

"나는 저자를 애초에 죽일 생각이 없었다."

"예?"

"저자는 이런 곳에서 죽어서는 안 되는 자야."

"……?"

"사형들이 기다리고 있어. 그곳에 피를 뿌려 원혼들을 달래 드려야지."

적우강은 이를 갈았다.

두 사람이 다시 마귀검왕을 쫓으려 할 때였다.

멀리서 폭음이 들려왔다.

적우강이 소리를 따라 고개를 돌렸다.

"저곳이군. 낭백, 저자를 죽여선 안 된다. 산 채로 잡아서 기다리도록."

"명을 받습니다."

낭백은 적우강의 첫 번째 명령이 떨어지자 곧바로 대답했다. 그리고는 훌쩍 허공으로 떠오르는 적우강의 뒷모습을 지켜보다 눈을 휘둥그렇게 떴다.

적우강의 신형이 허공에서 재도약하는 걸 본 탓이다.

'저렇게 오십 장을 건넜구나!'

낭백은 적우강이 했던 말을 그제야 이해할 수 있었다. 기를 떼어내 디딤돌로 사용하던 낭백으로는 신기하기 이를 데 없는 모습이었다.

폭음이 들린 곳을 따라가던 적우강의 눈에 땅이 제멋대로 파여진 공간이 들어왔다. 분지처럼 움푹 꺼진 공간이었다.

사방이 물고기가 뭍에 올라와 땅을 마구 헝클어놓은 것처럼 무질서하게 변해 있었다.

"곽일비."

혁련궁과 대치하고 있는 청년은 멀리서 봐도 곽일비라는 것을 알 수 있었다. 잘생긴 외모는 여전했으나 예전보다 눈썹이 더 치켜 올라가 야비해 보였다.

두 사람이 싸우고 있는 한쪽에 여인 한 명이 의식을 잃고 쓰러져 있었다. 적우강도 본 적이 있는 여인인 하란미였다.

콰콰!

혁련궁의 검과 손에서 각기 다른 빛이 발출됐다.

무유삼천검의 마지막 뜻인 심즉심(心卽心)이었다.

검으로 공격을 하면서 왼손으로는 곽일비의 묵혈마수를 막아간 것이다.

벌써 많은 손속이 오갔음을 알려주고 있었다.

"흐흐흐. 벌써 지친 것이냐? 이럴 줄 알았으면 저 계집의 피를 먹어둘 걸 그랬구나."

곽일비가 혁련궁의 신경을 건드리며 이죽거렸다.

그러나 속으로는 많이 놀라고 있었다. 그동안 흡수한 여자들의 피만 해도 천 명 가까이 되는데 그 힘을 혁련궁이 고스란히 받아내고 있기 때문이다.

마귀검왕만 아니었어도 하란미의 피를 흡수했을 것이다.

'탑하륵이 적우강을 해치웠을까? 명광석을 지닌 상태의 그라면 나도 힘들다. 해치웠겠지.'

곽일비는 혁련궁과의 싸움에 온전히 신경을 쓰지 못하고 있었다. 한 번도 이긴 적이 없는 적우강에 대한 미묘한 피해의식이 또다시 발동한 것이다.

'제길, 다 필요없다. 일단은 이놈을 처치해야 해!'

마중천으로 다시 돌아갔을 때는 형우 따위에게 무시당하고 싶은 생각이 조금도 없었다.

쾅!

거칠게 기운을 개방하여 혁련궁의 무유삼천검을 튕겨냈다. 갑작스런 반격에 혁련궁의 양손이 옆으로 벌어졌다.

"죽어라!"

곽일비는 눈에서 붉은 섬광을 뿜어내며 양손을 갈고리처럼 만들어 혁련궁의 양쪽 손목을 잡아갔다.

그러나 혁련궁은 만만한 상대가 아니었다. 손목을 안으로 돌려 검으로 곽일비의 손을 막았다.

잠시 곽일비의 신형이 주춤했다.

고수들의 싸움에서 그 정도의 시간이면 상대가 자세를 갖추기에 충분한 시간이었다.

뒤로 물러선 혁련궁은 살기 가득한 눈으로 몸을 측면으로 틀었다. 이번엔 양손이 모두 들려 있었다.

심즉심의 단계에 오른 혁련궁에게 검이 있음과 없음은 중요하지 않았다.

혁련궁의 검과 손에서 동시에 투명한 빛이 일렁이며 곽일비를 향해 퍼져 나갔다.

형태가 흡사 새들의 울음으로 물결이 퍼진다고 해서 초식 이름을 파명(波鳴)이라 지었다.

"흥! 초식을 사용하지 않는 놈이 갑자기 웬 초식? 죽으려고 작정을 했구나. 원대로 해주마. 흐흐흐."

곽일비는 냉소하며 어이없는 표정을 지었다. 혁련궁의 무초식에 익숙하지 않아 묵혈마수의 위력을 제대로 발휘하지 못하고 있던 터에 알아서 틀을 갖춘다면 환영할밖에.

쾅!

혁련궁의 파명과 묵혈마수가 부딪쳤다.

묵혈마수는 다가오는 물결을 비단옷 찢듯이 찢어버렸다.

"컥!"

믿었던 파명이 오히려 악수가 되어 돌아오자 혁련궁은 기혈이 뒤집히는 고통에 피를 토하고 말았다.

실수를 인정하고 다시 무초식으로 돌아가려 했지만 이미 곽일비의 신형이 무섭게 다가온 후였다.

'틀렸다.'

혁련궁의 눈동자가 떨렸다.

사랑하는 여인조차 지키지 못한 것이다.

느리게, 눈꺼풀이 감겼다 떠지는 시간 동안 고개를 돌려 하란미를 쳐다봤다. 마지막 모습을 보고 싶은 까닭이다.

그때 눈에 들어온 사람이 있었다.

'적 소협!'

혁련궁은 깜짝 놀라 자신의 눈을 비비고 싶었다.

하란미의 곁에 서 있는 적우강을 본 것이다.

"끝이다! 내가, 마중천의 묵혈마수가 정도맹의 총순찰을 죽인 것이다! 카하하하!"

곽일비의 목소리가 가깝게 들렸다.

'늦었다. 아무리 신법의 고수라 해도 거리는 무시하지 못…….'

혁련궁의 생각이 멈췄다.

"즐거운가 보구나, 곽일비?"

거짓말처럼 적우강의 목소리가 머리맡에서 들려왔기 때문이다.

바닥에 등을 댄 혁련궁의 눈에 두 사람이 보였다.

머리맡에 있는 적우강과 발 아래쪽의 곽일비.

곽일비의 눈빛이 상당히 거칠어져 있었다.

"적우강."

이 악문 목소리가 곽일비의 입에서 흘러나왔다.

'둘이 아는 사이?'

혁련궁은 두 사람이 서로의 이름을 부르자 의아해지고 말
았다.

"혁련 총순찰은 하란미 소저를 돌봐주십시오. 저 패륜아는
내가 상대하도록 하지요."

"패륜아?"

"부모와 같은 사부를 암습한 놈이오."

"사부?"

"내가 나서지 않으면 혁련 총순찰이 저 패륜아를 죽일 것
같아 어쩔 수 없이 나섰소. 양보해 주시겠습니까?"

목소리에 담긴 분노와 달리 적우강은 냉정하게 말했다. 혁
련궁의 체면을 세워주면서 자신의 뜻을 관철시키겠다는 의지
가 분명하게 담긴 말이었다.

"미 매를 돌보겠소."

혁련궁은 입을 일자로 꾹 다물며 물러섰다.

적우강이 부탁처럼 말해준 것이 고마울 정도로 조금 전의
상황은 위험했다. 아직 의식을 못 차리는 하란미의 상태를 살

펴볼 수 있게 됐다.

우뚝.

하란미를 향해 한 걸음 떼어놓던 혁련궁이 뒤를 돌아봤다.

그러나 차라리 돌아보지 않는 편이 나을 뻔했다.

'나는 이미 안중에도 없다는 투군. 훗.'

곽일비의 시선이 적우강에게 고정되어 조금도 움직이지 않고 있었고 적우강 역시 마찬가지였다.

혁련궁은 씁쓸한 웃음을 머금었다.

"곽일비, 검을 버린 모양이구나."

적우강은 혁련궁이 자리를 피하자 대뜸 입을 열었다.

"아주 오래됐지. 쓸모없는 늙은이들의 장난질은 더 이상 이 몸에겐 필요가 없거든. 이 두 손이 그렇게 만들어주었다. 묵혈마수가 보이느냐?"

곽일비의 한마디 한마디에 살기가 뚝뚝 떨어졌다. 하지만 적우강은 그런 모습에서 오히려 여유를 가질 수 있었다.

"장난질? 현천일검이 장난질이라고 했느냐? 후후후. 그 장난질이 얼마나 대단한지 보여주지."

적우강은 자하검을 뽑았다.

스릉—

경쾌한 음향이 주위로 퍼지며 뭉툭한 검신이 모습을 드러냈다. 몸속에서 끓어오르는 피는 주먹을 사용하라고 유혹하고 있었으나 곽일비에게만은 그럴 수 없었다.

"그런 몽둥이로 뭘 어쩌겠다고? 크크크."

곽일비는 자하검의 검신을 보고는 한껏 비웃었다.

'사부님……'

적우강의 오른손을 빡빡하게 죄어오는 느낌.

지난 삼 년간 현천진기와 마기를 조율해서 자하검이 더 이
상 오른손에서 벗어나지 않게 된 것이다.

"응?"

하란미에게 걸어가던 혁련궁이 눈이 휘둥그레지며 자리에
다시 멈춰 섰다. 어이없게도 적우강이 순간적으로 커진 것처
럼 보였기 때문이다.

적우강의 등을 통해 흘러나온 청량한 기운이 곽일비의 기
세를 누르며 혁련궁의 눈에 그렇게 보이도록 만든 것이다.

'어떻게 된 거지? 조금 전까지만 해도 마기가 들끓던 적 장
문대행의 몸에 현기가 가득하다! 게다가 검을 쥔 것만으로 이
런 기세란… 저 정도면 아버님 못지않다.'

혁련궁은 구대문파의 장문인들과 오대세가의 가주들을 모
두 만나봤다. 그들은 모두 대단한 고수들이었다. 그런 사람들
과 적우강을 비교한 것이다. 요 몇 년 사이, 마중천의 침묵으
로 더욱 강해진 그들과.

"묵혈마수를 이룬 내 가슴이 두근거릴 정도로 강해졌구나."

곽일비가 굵으면서 듣기 싫게 갈라지는 목소리를 냈다. 예전에 묵혈음수공을 끌어올렸을 때보다 더욱 듣기 싫은 목소리였다.

"후후후. 그럴 때는 두근거린다고 하는 것이 아니라 죽을까 봐 겁난다고 하는 거다, 곽일비."

"닥쳐! 나는 이미 예전의 내가 아니다."

"당연히 그래야지. 예전과 같으면 내가 너를 죽이는데 일초도 안 걸릴 테니까."

"……!"

살기 어린 적우강의 말이 끝나기 무섭게 곽일비의 전신에서 변화가 일어났다.

피부색이 붉게 변한다 싶더니 엄청난 마기가 일시에 주위 공간을 지배하기 시작한 것이다.

두 사람을 지켜보던 혁련궁의 두 눈이 부릅떠졌다.

그와 싸울 때 발휘했던 힘이 곽일비의 전부가 아니었던 것이다.

혁련궁은 하란미를 안아 재빨리 바위 뒤로 옮긴 후 곽일비를 노려봤다. 파명을 사용하는 실수를 했다지만 전력도 다하지 않은 놈에게 졌다는 사실은 충격이었다.

팟.

적우강의 손에서 백광이 예기를 발하며 피어났다.

곽일비 역시 양손에 힘을 집중시켜 언제든 공격할 태세를 취했다. 두 사람 모두 결코 이십대 초반의 나이로는 볼 수 없는 실력들이었다.

'저 곽일비란 자가 익힌 무공이 뭐지? 저 눈빛은 마치 광인 같구나.'

혁련궁은 곽일비의 별호가 묵혈마수라는 것을 이곳에 와서 알았다. 마중천에 대한 정보는 모르는 것이 없다고 자부했던 그에겐 대단한 충격이었다.

그리고 저 엄청난 마기를 담은 무공 역시도.

第二章
자하검의 백광

적우강과 곽일비를 둘러싸고 있는 곳의 형태는 분지였다. 바람이 산을 넘어 아래로 달려왔다 분지를 휩쓸고 지나쳤다.

곽일비의 얼굴 전체에 핏줄이 돋았다. 이를 드러낸 입은 씰룩거렸고 눈알은 붉게 충혈된 상태였다.

"흐흐흐……."

곽일비가 괴소를 흘리며 한 발 앞으로 움직이자 적우강 역시 한 발 앞으로 다가섰다.

현천일검로의 수련 방법에서 한 치도 어긋나지 않은 동작으로 곽일비를 상대하려는 것이다.

하체와 상체를 연결시켜 주는 허리를 곧추세우고 언제든 방어와 공격을 펼칠 수 있도록 현천진기를 운용하고 자하검을 쥔 손에는 두 가지 기운이 공존하도록 했다.

'오래 끌지 않는다.'

일 검 이상은 사용하고 싶지 않았다.

점창파의 문하들을 도살한 찬마흑살대, 서벽풍을 암습한 곽일비, 사형들을 죽게 만든 마마대공과 그 호위들.

그들이 했던 그때의 기억들이 적우강의 머릿속을 빠르게 스쳐 지나갔다.

점창파의 재건을 결정한 첫날, 그중 둘이 적우강의 눈앞에 모습을 드러냈다.

"죽어!"

팽팽하게 당겨진 줄을 더 이상 지탱하지 못하고 먼저 움직인 쪽은 곽일비였다.

콰욱.

곽일비의 붉은 양손에서 수십, 수백 가닥은 족히 될 선들이 사방으로 퍼졌다가 적우강을 향해 모여들었다.

적우강은 그 빛 개개에 얼마나 강한 힘이 담겨 있는지 본능적으로 느낄 수 있었다.

치치칙.

몸에 닿기도 전에 적우강의 호신강기를 때리며 불꽃을 일
으켰다. 하지만 적우강은 움직이지 않았다.

찌익.

적우강의 옷이 찢어지는 소리.

곽일비의 입가에 회심의 미소가 지어졌다.

혁련궁을 상대하느라 소모한 힘을 고려해 일부러 전력을
다해 뻗은 것이 주효했던 모양이다.

촤아아아—

곽일비의 손가락이 갑자기 늘어났다.

뒤쪽에서 지켜보던 혁련궁의 눈에는 그렇게 보였다.

손가락에 집중된 기운 때문에 환영이 일어난 것이다.

그때까지도 적우강의 자하검은 곽일비를 향한 채 움직일
줄 몰랐다. 하지만 곽일비의 손가락이 얼굴에 닿기 바로 직
전, 적우강의 신형이 제자리에서 사라졌다.

쉬악.

곽일비의 열 손가락이 허공을 그었다.

"피하는 거냐, 적우강!"

"그럴 리가."

"……!"

팡!

적우강의 목소리가 들리자마자 곽일비는 옆구리를 한 손

으로 보호하며 다른 한 손으로는 공격을 했다.

콰콰쾅!

폭음이 연속으로 터졌다.

'저런 무의미한 행동을……'

혁련궁은 적우강이 사라질 때만 해도 싸움이 결정날 줄 알았다. 하지만 다시 나타난 곳이 먼 곳도 아니고 바로 옆인 걸 보고서 안타까운 마음에 불쑥 자리에서 일어났다.

"읏!"

콰콰콰콰―

충돌의 여파가 주위로 퍼졌다.

혁련궁은 고개를 돌리며 바위 뒤로 몸을 숨겼다. 적우강과 곽일비의 충돌로 일어난 기파는 엄청났다. 현재의 그로서는 두 사람 중 한 명을 상대하는 것도 어렵다는 것을 인정해야 했다.

'불과 삼 년 만에 저런 성취를 이루었구나. 후후후.'

혁련궁은 씁쓸한 웃음을 지으며 곧이어 벌어질 엄청난 격돌의 여파에서 하란미를 보호하기 위해 감싸 안으며 몸을 숙였다.

그러나 시간이 흘러도 아무런 소리가 나질 않았다.

'뭐지?'

정적을 틈타 혁련궁은 밖으로 고개를 내밀었다.

곽일비와 적우강이 조금 전과 비슷한 거리를 둔 채 서로를 노려보고 있었다.

두 사람 모두 멀쩡했다.

'나라면 저 곽일비란 자의 열 손가락을 막을 수 있었을까?'

혁련궁은 스스로의 질문에 고개를 흔들었다. 하지만 눈동자가 떨리고 있었다.

"묵혈마수를 막았구나. 그것도 반격까지 하면서 말이야. 파하하."

적우강이 사라졌던 수법은 잠둔에 이은 발현이었다.

곽일비가 그토록 경멸해 마지않던 현천일검의 두 가지 초식만으로 묵혈마수를 완전히 파해한 것이다.

"대단해! 예전부터 네놈의 그런 점이 마음에 안 들었지. 점창파에 오자마자 모든 늙은이들의 관심을 독차지하고 서벽풍은 너를 수제자처럼 키웠지."

"그래서 그랬느냐?"

서벽풍에게 검을 꽂은 것을 말한다는 것을 곽일비가 모를 리 없었다.

적우강의 말이 끝났을 때였다.

파핫!

곽일비의 가슴이 벌어지며 피분수를 터뜨렸다.

"언제… 피, 내 피다…….'

곽일비는 자신의 피를 보자 붉게 충혈된 눈동자가 좁혀졌다 크게 확장했다. 그때, 그의 몸에서 놀라운 현상이 일어났다.

우드득.

그의 등 쪽 근육이 커지며 키가 커졌다.

단순히 공격에 당한 것이라면 이렇게까지 반응할 리가 없었으나 예상치 못한 반응이기에 제풀에 놀라 몸이 변화한 것이다.

묵혈음수공의 힘을 끌어내기 위해서는 피 속에 흐르는 마성을 자극해야 한다. 흡수한 피의 양이 얼마 되지 않을 때는 몸속의 이질적인 기를 잡아먹으며 성장시키지만 그 양이 많아지게 되면 다른 방법을 쓰게 된다.

이것은 잠재된 마성을 밖으로 몰아내어 폭주하게 만드는 방법이다. 이럴 경우, 마성을 다시 거둬들일 수 있으면 상관없지만 그렇지 못하면 광인이 되게 된다.

곽일비는 적우강의 힘이 상상외로 강하다는 것을 깨닫는 순간 몸의 변화를 선택했다.

가슴에서 뿜어지던 피가 멎었고 주위가 선명하게 눈에 들어왔다.

"크크크. 이것이 묵혈음수공의 묘용이다.'

곽일비는 자신의 눈이 개구리처럼 튀어나왔고 비정상적으로 근육이 부풀었다는 사실을 전혀 인지하지 못하는 것 같았다.

팟.

갑작스런 움직임.

곽일비가 제자리에서 사라졌다.

'빠르다!'

적우강은 눈을 크게 치뜨며 자하검을 들어 가슴을 보호했지만 자하검을 때리는 곽일비의 양손은 방어를 우습게 뚫어 버리고 말았다.

쾅!

폭음과 함께 적우강의 신형이 한쪽 벽에 박혀들었다.

"이런, 너무 셌나? 크크크."

곽일비의 마지막 말은 적우강의 바로 옆에서 들렸다. 벽에 박혀 있던 적우강은 벽 속에서 자하검을 휘둘렀다.

쾅!

벽이 열십자로 갈라지며 터져 나갔다.

그러나 곽일비의 신형은 이미 물러나고 없었다.

"……."

"……."

적우강과 곽일비의 시선이 부딪쳤다.

곽일비는 웃음을 멈추며 이동하던 몸을 젖혔다가 앞으로 당기며 다시 한 번 공격해 왔다.

지금 상태라면 적우강의 가슴에 구멍이 뚫린다고 해도 전혀 이상할 것이 없었다. 적어도 뒤에서 지켜보던 혁련궁의 눈에는 그렇게 보였다.

그때였다.

적우강의 손에서 백광이 번쩍 빛을 발하더니 곽일비의 허리를 횡으로 쓸어갔다. 아무런 예비동작도 없이 팔의 힘만으로 펼쳐진 공격이었다.

"뭐냐!"

다가오던 곽일비의 표정이 일그러졌다.

가볍게 휘두른 것 같던 적우강의 자하검에서 묘한 기운이 전신을 옭아매는 것 같았기 때문이다.

단순히 횡으로 그은 것이 아니었다.

직선으로 보이던 백광이 갑자기 일어나며 그물처럼 변해 곽일비를 뒤덮었다.

현천일검 삼초식 미리반천.

우물 정(井) 자 형태로 펼쳐지는 미리반천에 적우강이 임의로 변화를 준 형태였다.

"그 정도로는 어림없다!"

곽일비는 다가오는 그물을 피하지 않았다. 오히려 괴소를 머금으며 양손을 쉴 새 없이 놀려댔다. 도검불침의 신체를 지니고 있는 그에게 저런 그물 따위를 찢는 것은 일도 아니었다.

콰쾅!

곽일비는 그물을 찢고서 득의한 표정으로 적우강을 비웃으려 쳐다봤다.

'어딜 갔지?'

자리에 있어야 할 적우강이 사라졌다.

눈동자를 굴려 적우강을 빠르게 찾던 곽일비의 눈이 바닥에 닿았다.

"헉! 위!"

바닥에 검고 동그란 구체가 보였다.

그것이 적우강의 그림자라는 것을 깨닫는 것은 어렵지 않았다. 곽일비는 정신없이 몸을 뒤로 날렸다.

쿵!

곽일비가 사라진 자리에 육중한 굉음이 터졌다.

"피하는 건 여전한데?"

적우강은 몸을 일으키며 앞으로 내려온 머리카락을 쓸어넘겼다. 그리고는 곽일비를 향해 씩, 웃어주었다. 여전히 손에는 자하검이 들려 있었다.

묵혈마수를 십성 이상 운용하고 있는 곽일비의 현재 움직

임은 혁련궁을 상대할 때보다 훨씬 빨라진 상태였다. 그런데
도 밀린 것이다.

'저놈… 혹시 일부러… 아니지, 아니야. 그럴 리가 없어,
묵혈마수 십일성이라고!'

곽일비는 와락 인상을 쓰며 적우강을 노려봤다.

그가 미리반천으로 만든 그물을 찢는 그 짧은 시간에 적우
강이 허공에서 공격했다는 것을 믿을 수가 없는 것이다.

적우강의 눈은 담담했다. 기회를 잡았으면 공격할 것이지
굳이 저런 재수없는 표정을 짓고 있을 이유는 없었다.

굳이 저렇게 담담한 척할 필요가 있을까?

곽일비는 엉뚱한 생각을 했다.

적우강이 이곳까지 왔다는 말은 탑하륵에 이어 마귀검왕
까지 상대한 후일 것이다.

'크크크. 그래, 저놈은 지금 태연한 척하는 거야. 그럼 그
렇지. 내가 속을 줄 알았느냐!'

적우강이 십일성의 묵혈마수를 받아낼 리가 없었다.

"애써 그런 표정 짓지 않아도 된다, 적우강. 탑하륵과 마귀
검왕을 상대하느라 꽤나 힘들었을 텐데 말이야. 크크크."

곽일비의 목소리가 안정감을 되찾았다.

그 모습에 적우강은 피식, 웃으며 입을 열었다.

"그렇게 보였으면 시험해 보든지?"

"크하하하!"

곽일비는 대답 대신 양손을 번갈아 움직이며 적우강의 몸을 짓쳐들었다.

쾅!

"……!"

적우강의 손으로 묵직한 충격이 전해졌다.

곽일비 혼자서 적우강의 상태를 멋대로 결정지어서 그런지 손속에 자신감이 차 있었다. 양손으로는 끊임없이 진기가 이어지고 상처를 입어도 몸이 알아서 치료하는 상태의 그를 적우강이 상대가 될 리 없다는 확신이 든 것이다.

쾅! 쾅!

적우강을 연속해서 때리는 곽일비는 지나치게 흥분하고 있었다. 자신감도 좋지만 일단은 자신의 몸을 제어할 줄 알아야 하건만 전혀 그렇지 못했다.

붉은 안광을 연신 쏟아내는 그의 눈은 금방이라도 튀어나올 것 같았고 등에서 일어난 근육은 점점 커지며 가슴까지 밀려 나와 조금 전보다 더 보기 흉한 괴물이 되고 말았다.

"크흡. 어떠냐, 못 견디겠지?"

곽일비는 숨을 크게 들이마신 뒤 자신있게 손을 거두었다. 호흡을 멈춘 상태로 오십여 번의 연속공격을 했으니 당연히 적우강은 곤란한 상태가 되어 있어야 했다.

그러나 그를 바라보는 적우강의 눈빛은 차가웠고 상처 하나 보이지 않았다.

"으으……."

"공격은 괜찮았다. 문제는… 그 정도 공격으로는 나를 어쩌지 못한다는 거지. 좀 더 힘을 내보지 그래, 곽일비? 쿡!"

적우강은 곽일비의 으르렁거림을 조롱하듯 몸을 펴며 백광이 번뜩이는 자하검을 흔들었다.

"다, 다 막았다고?"

"왜? 그러면 안 되냐?"

자하검의 백광과 적우강의 안광이 동시에 곽일비의 눈을 찔러댔다.

적우강의 눈은 그게 다냐는, 더 할 공격이 있으면 얼마든지 해보라는, 분명코 그런 눈이었다.

"너무 놀라니 말을 해줘야겠군. 공격을 하려면 나를 상하게 해야지, 죽어라 자하검만 때리면 어쩌자는 거냐? 오히려 막을 기회도 주지 않으면서 멀쩡하다고 화를 내면 곤란하지."

"뭐? 내가 네놈의 검만 때렸다고?"

"그건 그렇고, 그 몸뚱이가 여인들의 피를 취하며 얻은 결과냐? 괴물이 따로 없군."

슥.

적우강은 차갑게 말하고는 허리를 세웠다.

최대한 길게 숨을 들이마셨다.

지금이라면 곽일비를 벨 수 있었다. 하지만 그래서는 안 된다. 곽일비의 사지를 잘라 점창파 앞마당에 매다는 것은 자비를 베푸는 것과 마찬가지이기 때문이다.

들이마신 숨을 또다시 길게 내뱉었다.

"후우……."

적우강의 숨소리에 곽일비는 몸을 움찔거렸다.

묵혈마수의 공격이 실패로 돌아가자 곽일비는 공포로 인해 전신을 떨기 시작했다.

'그따위 행동… 내가 속을 줄 아느냐?'

적우강은 곽일비의 행동을 비웃으며 현천진기를 운용해 단전으로 밀어 넣었다.

오른손에 힘을 집중시켜 손으로 보내야 하지만 그랬다가는 자하검이 예전처럼 손에서 벗어날 것을 알기에 한 번의 절차를 더 거치는 것이다.

단전으로 들어간 현천진기는 곧 자리 잡고 있는 마기에 의해 거칠게 튕겨져 나왔고 적우강은 때를 놓치지 않고 그 힘을 거두어 오른손에 집중시켰다.

츠르르릇.

"헉! 거, 검강!"

싸움을 지켜보던 혁련궁이 뒤쪽에서 소리쳤다.

혁련궁의 목소리 때문인지 아니면 길게 늘어난 백색의 검신 때문인지는 몰라도 곽일비의 툭 튀어나온 눈이 더욱 커졌다.

'검강? 이게 검강이라고? 어떻게 된 거지?'

적우강은 혁련궁과 곽일비의 반응에 의아해지고 말았다. 현천진기를 튕겨내는 마기가 평소보다 훨씬 강하다고 느끼긴 했지만 설마 강기를 일으킬 정도일 줄은 상상도 못한 까닭이다.

'혹시 마검이란 자와 마귀검왕을 상대하면서 자극받은 마기가 혈맥에 남아 있었던가?'

가능성은 오직 그뿐이었다. 탑하륵과 마귀검왕을 상대할 때 자극받은 마기가 단전으로 돌아가지 못하고 혈맥을 떠돌다 단전의 폭발 때문에 함께 튕겨져 나온 것.

마기와 현천진기의 폭발이 두 번 일어난 것이다.

단전에서 한 번, 오른손에서 한 번.

두 번에 걸친 폭발이 가져온 결과는 엄청났다.

자하검의 검신은 계속해서 늘어나다 무려 이 장 가까이에 달했다.

"아, 아니… 그, 그럴……."

곽일비는 검강이란 소리를 들은 뒤부터 전의를 상실했는

지 알 수 없는 말을 계속해서 중얼거리며 적우강의 번쩍이는 백광에 시선을 고정시킨 채 온몸만 떨어댔다.

죽일 수 있을 거라 생각했던 적우강은 이미 그에게는 너무 높은 벽이 되어버렸다. 그것을 본능적으로 깨닫는 순간 그의 의지가 한꺼번에 무너진 것이다.

곽일비는 적우강의 눈빛을 쳐다보지도 못하고 온몸을 짓누르는 중압감 때문에 혼자만의 세계로 들어가 버리고 말았다.

묵혈음수공은 익히는 자의 자질과 내공에 따라 그 결과가 달라진다. 곽일비에겐 묵혈마수 십일성이 한계였던 것이다.

"곽일비, 뭐 하는 짓이냐?"

"으악!"

적우강의 질문에 곽일비는 기겁을 하며 몸을 떨었다.

겁을 먹은 것이다.

묵혈마수는 열 손가락 모두 베고 찌를 수 있었고, 손바닥을 이용해 후려칠 수도 있었다.

이 세 가지의 조합만으로도 거칠 것 없는 무공이었으나 도망갈 생각이 떠오르는 순간 곽일비에겐 그런 것들을 만들어 낼 의지가 없었다.

"묵혈마수님도 실패인가?"

딱딱한 바위를 연상케 하는 목소리의 주인이 고개를 흔들었다.

혁련궁이 하란미와 몸을 숨기고 있는 바위 뒤쪽 벽을 따라 오십여 장 위쪽에 있는 인영 중 한 명이었다.

"아직 정신은 말짱한 것 같군."

퉁명스런 목소리가 말을 받았다.

"그래도 우리 손에 죽는 것이 낫지."

가는 목소리가 결론짓듯이 말했다.

그러자 딱딱한 목소리의 주인이 고개를 절레절레 흔들었다.

"저러다 만약 묵혈음수공을 십이성까지 끌어올린다면? 그때도 지금과 같은 말을 할 건가, 두 사람?"

딱딱한 목소리의 주인이 반문하자 퉁명스런 목소리와 가는 목소리의 주인은 침묵하고 말았다.

"그건 그렇고 저 애송이… 마마대공님의 수라파천에 분명히 맞은 걸 봤는데 살아 있었구나. 한데 이상하군. 전혀 마기가 느껴지지 않아."

풍마도는 혼잣말을 내뱉었다.

오 년 전, 마마대공조차 놀라게 한 마기의 주인이 적우강이었다. 수라파천을 받아내며 마마대공과 손을 섞던 그 마기,

지금은 그것이 전혀 느껴지지 않고 있었다.

적우강은 겁먹은 눈으로 어쩔 줄 모르는 곽일비를 보자 속에서 분노가 극도로 치밀어 올랐다.

이런 놈 때문에 서벽풍과 두 사형이 죽었다는 사실을 믿을 수가 없었다. 현천진기를 끌어올리고 있음에도 끓어오르는 살기를 주체하기 힘들었다.

적우강의 팔이 혼들렸다.

그 모습을 지켜보던 혁련궁은 하란미를 보호하며 몸을 움츠렸다. 하지만 폭음은 터지지 않았다.

파슥―

'뭐지?'

혁련궁은 바위 뒤에서 고개를 내밀었다.

"헉!"

놀라움을 감출 수 없는 상황이 눈앞에 벌어진 것이다.

적우강의 자하검이 닿은 바닥이 일자로 쫙 벌어져 있었다. 그 길이는 무려 십여 장은 족히 넘을 것 같았다.

'왜……'

혁련궁의 의아한 눈이 엉덩이를 질질 끌며 뒤로 물러서는 괴물에게 고정됐다. 곽일비는 팔꿈치와 발꿈치를 헛디디면서 계속해서 뒤로 물러서고 있었다.

적우강은 그런 곽일비를 지켜보기만 했다.

"도망은 여전히 잘 치는구나."

'적 장문대행의 목소리가 변했다.'

뼛골까지 파고드는 한기가 목소리를 통해 전해졌다.

슥.

말이 끝나기도 전에 적우강의 자하검이 다시 백광을 내뿜었다.

"적 장문대행, 조심……."

혁련궁은 자신의 머리를 넘으며 적우강을 향해 날아가는 자들을 발견하고 소리쳤다.

적우강은 곽일비를 향하던 자하검을 뒤로 돌렸다.

콰콰쾅!

엄청난 폭음이 터졌다.

"이럴 수가……."

혁련궁은 자신도 모르게 중얼거렸다.

적우강의 검강과 정면으로 부딪친 자들이 있다는 사실을 뒤늦게 깨달은 것이다.

"……!"

적우강은 자하검을 막은 자들을 돌아봤다. 곽일비를 향하던 자하검의 위력이 뒤로 휘둘러졌다고 해서 약해졌을 리는 없었다. 첫 번째로 막은 자가 반을, 그다음을 막은 자가 거기에 반을, 마지막 막은 자가 완벽하게 자하검을 막아냈다.

나타난 세 사람.

적우강의 눈이 떨렸다.

그들을 알아본 탓이다.

마마사천사 중 마귀검왕을 제외한 셋.

"역시 전부 와 있었군. 마마대공은? 그도 이곳에 있나?"

적우강으로서는 당연한 질문이었다.

그러나 세 사람은 서로의 얼굴을 쳐다보다 픽, 웃고 말았다.

"왜 웃지?"

"믿을 수가 없어서 그렇다. 겨우 오 년 만에 검강을 이루다니 말이다. 물론 완전한 검강이라고 하기엔 무리가 있지만."

"완전한 검강이라고 하기엔?"

"조금 전에 네가 펼친 것이 검강이었다면 우리들이 아직까지 말을 하고 있을 리가 없으니까 말이다."

말을 마친 마마사천사의 수장 풍마도가 뒤쪽을 향해 눈짓을 하자 나머지 두 사람이 곽일비를 부축하며 일으켜 세웠다.

"이봐, 애송이. 네 실력이 상당해졌다는 것은 인정하지만 그렇다고 마마대공님을 찾아다닐 정도는 아니다. 점창파의 복수를 하겠다고 그러는 모양인데, 그것도 마마대공님을 만나는 순간 끝이야. 예전처럼 숨어 지내. 마마대공님의 손에서 살아남은 유일한 인간이란 자부심을 갖고 말이지. 후후후."

풍마도는 그만큼 말을 했으면 알아들었다고 생각했는지 조금의 주저함도 없이 곽일비를 데리고 자리를 떠나려 했다.

"가긴… 어딜 가!"

츠르르릇—

자하검에서 백광이 다시 길게 늘어났다.

예사롭지 않은 기운이었지만 이미 한 번 받아본 풍마도로서는 긴장할 필요가 없었다.

"정 죽고 싶다면 어쩔 수 없지."

풍마도는 뒤를 돌아보며 역팔자 눈썹의 소면추혼과 주먹코에 찢어진 눈을 한 귀형검에게 눈짓을 보내 적우강을 삼각형 모양으로 포위했다.

"적 장문대행! 그들은 마마사천사라고 불리는 자들로 마중천 내에서도 상위에 속하는 자들이오! 그들이 자리를 잡기 전에……."

혁련궁의 다급한 목소리는 끝까지 이어지지 못했다.

마마사천사 세 사람이 자리를 잡은 것도 순간이었지만 그들보다 먼저 적우강이 허공으로 떠올랐다.

불끈!

혁련궁의 주먹 쥔 손에서 피가 흘렸다.

곽일비를 도와줄 자들이 합공을 할 태세라면 그 역시 가만히 손 놓고 있을 수만은 없었다.

"어쩔 수 없지."

혁련궁은 바위에서 걸어나왔다. 이들 중 한 명이라도 맡기 위해서였다. 하지만 혁련궁을 막는 목소리가 허공에서 들려왔다.

"혁련 총순찰님, 호의는 고맙지만 사양하겠소. 이들은 나 혼자서 처리합니다."

적우강의 목소리가 혁련궁을 멈춰 서게 만들었다.

'이 긴장된 순간에 내 움직임까지 알고 있었다고? 내가 아직 적 장문대행의 실력을 제대로 파악하지 못한 것인가?'

혁련궁의 놀람은 당연했다.

쾅!

거친 폭음이 터졌다.

허공에 떠 있던 적우강의 신형이 위로 솟구쳤고 땅에 자리 잡고 있던 마마사천사 세 사람의 주위가 통째로 눌렸다.

"대단하다. 저건 마치… 망치로 진흙을 내려친 것 같지 않은가!"

혁련궁은 혼잣말로 자신의 눈으로 본 상황을 중얼거렸다.

격돌의 여파는 엄청났다. 곽일비와 싸울 때보다 훨씬 강한 기파가 사방으로 튀었고 적우강은 세 사람의 반탄력에 의해 위쪽으로 튕겨졌다.

아래쪽에 자리 잡고 있던 세 사람은 적우강의 모습에 회심의 미소를 지었다. 하지만 그 웃음은 오래가지 못했다.

위로 솟구치던 적우강의 손에서 자하검이 다시 한 번 백광을 발했기 때문이다.

쉬아악.

자하검을 위로 올린 채 무섭게 떨어지는 적우강의 눈과 마마사천사 세 사람의 눈이 마주쳤다.

'저 애송이, 전혀 타격을 입지 않았다. 튕겨졌을 때 누구든 쫓아갔어야 하는데 그러질 못했다. 왜지?'

풍마도의 생각은 당연했다.

마마사천사 네 사람이 모여야 완벽해지기 때문에?

아니다. 풍마도 자신부터 이 진에서 이탈해 적우강을 상대할 자신이 없기 때문이었다.

셋 모두 적우강의 기에 눌린 탓이다.

'이러다 우리가······.'

풍마도는 자신의 황당한 생각에 갑자기 고개를 좌우로 흔들었다.

적우강은 어느새 세 사람이 처음 공격할 높이까지 내려와 있었다.

위로 치솟을 때와는 비교도 할 수 없이 빠른 속도였다. 세 사람은 다시 한 번 조금 전과 같이 막기 위해 힘을 집중시키며 곧바로 분산시킬 준비를 했다.

적우강의 공격이 어디를 향할지 알고 있는 상태였다.

적우강은 세 사람을 동시에 상대하기 위해 중앙을 공략하려 들 것이다.

'그런 공격은 얼마든지 해라. 아무리 해도 우리에겐 어떠한 충격도 주지 못할 테니.'

풍마도는 긴장한 표정과 달리 자신만만한 미소를 지었다. 마마사천사 넷이 구성하는 진은 아무리 마마대공이라 해도 한 번에 깨기는 불가능했다. 셋이라고는 하지만 적우강 역시 마마대공이 아니었다.

세 사람은 동시에 각자의 무기를 치켜들어 적우강의 공격에 마주쳐 갔다.

쾅!

강렬한 폭음과 함께 이번에도 적우강이 밀려났다.

적우강은 멀쩡한 풍마도 등을 봤다가 자하검으로 시선을 돌렸다. 표정이 절로 일그러졌다. 세 사람을 한꺼번에 날려 버리려 했건만 날리기는커녕 조금 전과 똑같은 과정이 되풀이됐기 때문이다.

"놀랐느냐, 애송이? 이젠 알겠지, 현재의 너로서는 우리를 어쩔 수 없다는 것을 말이다."

풍마도가 웃으며 입을 열었다.

적우강은 자세를 흩뜨리지도 못하면서 비웃는 풍마도 등을 같잖다는 듯이 쳐다봤다.

"놀라긴. 죽이지 않고 제압하려니 쉽지 않아서 그런 거지."

"뭐?"

"이번엔 다를 테니 각오들 하는 것이 좋을 거야."

적우강의 악다문 입 주위 근육이 불거졌다.

츠르르릇.

자하검의 검신에서 다시 백광이 일어났다.

"더, 더 길어진다고? 믿을 수가 없구나!"

풍마도는 자하검의 검신이 무려 삼 장에 달하자 기함을 토했다. 이 장 길이의 검과 삼 장 길이의 검이 뿜어내는 위력은 천지 차이였다.

검강은 내공의 응축이 극에 달할 때만 일으킬 수 있었다. 하지만 저 정도의 내공이라면 굳이 검강과 구별할 필요가 없었다.

"긴장해라."

풍마도의 목소리 끝이 살짝 떨렸다. 다른 두 사람 역시 알고 있는지 심각한 표정으로 고개를 끄덕였다.

싸움을 지켜보던 혁련궁은 적우강의 검이 삼 장까지 늘어날 때 자신의 눈을 비벼야 했다.

"도대체가… 사부도 없이 혼자서 저런 경지에 올랐다는 것이… 내 눈으로 보고서도 믿을 수가 없구나."

혁련궁은 고개를 절레절레 흔들었다.

이번 공격에 적우강은 전력을 다할 것이다.

과연 어떤 결과가 일어날지 혁련궁의 심장이 두방망이질 쳤다.

현 강호에서 후기지수들 중 적우강 정도의 신위를 보일 수 있는 사람이 있을까?

혁련궁은 순간적으로 엉뚱한 생각을 했다.

삼 년 전, 화산군웅대회에서 봤던 소림의 진부동, 무당의 소무백, 화산의 화군악 정도만이 가능성이 있었다. 물론 그들이 삼 년 전과 비교할 수 없을 정도로 강해졌을 경우에 한해서였다.

'돌아가는 즉시 확인해야겠다. 적 장문대행이 그분들과 합류만 해준다면 아무리 마중천이라도…….'

그분들이란 당연히 구대문파의 장문인들과 오대세가의 가주들이었다. 머릿속으로 전력이 맞춰지자 혁련궁의 눈빛이 달라졌다.

쾅!

삼 장이나 길어진 자하검의 검신이 세 사람이 만든 진을 잘라 버리며 그대로 땅을 때렸다. 자하검의 백광에 닿은 땅이 입을 쩍 벌렸다.

"소면추혼!"

풍마도는 혼자 갈라진 땅의 오른쪽으로 피한 소면추혼을 불렀다. 소면추혼은 자세를 잡으며 풍마도를 돌아봤다.

"지금이다! 저 애송이는 이미 세 번이나 엄청난 진기를 사용해서 더 이상……."

풍마도는 중간에 말을 멈췄다.

당연히 씩씩대며 숨을 고르고 있어야 할 적우강이 사라지고 없었기 때문이다.

풍마도는 빠르게 주위를 살폈다.

그러다 소면추혼과 다시 한 번 눈이 마주쳤다.

"헉!"

풍마도의 입에서 기함이 터졌다.

소면추혼의 뒤쪽.

적우강의 자하검이 소면추혼을 보며 하얗게 웃고 있었다.

풍마도는 적우강을 노려보며 침묵했다.

조금이라도 움직이면 백광이 소면추혼을 가차없이 베어버릴 것을 아는 까닭이다.

"……."

"……."

그래도 어쩔 수 없었다.

"놈!"

풍마도가 소리치며 자리를 박차는 순간.

번쩍하고 백광이 빛을 뿌렸다.

"끄아악!"

소면추혼이 오른팔을 쥐며 바닥을 뒹굴었다.

그 모습을 보는 풍마도의 눈이 뒤집히며 도를 무섭게 회전시켰다.

풍륜쾌속참.

도의 회전을 이용해 몸을 보호하는 동시에 그 자체가 무서운 공격이 되는 초식이었다.

적우강은 다가오는 풍마도와 그 뒤를 이어 유형화된 검기를 날리는 두 사람을 한눈에 담았다.

조금 전 이들 셋을 상대할 때 적우강은 아무런 초식도 사용하지 않았다. 그저 눈에 보이는 대로 검을 휘둘렀을 뿐이었다. 자하검을 쥐는 순간 휘두르기만 하면 진을 깨뜨릴 수 있다는 확신이 든 까닭이다.

휘류류류—

적우강은 풍마도의 도에 자하검을 갖다 댔다.

거칠게 자하검을 빨아들이는 회오리를 느꼈다.

쾅!

풍마도의 기운에 빨려들기 직전에 자하검에서 백광이 일어나며 풍마도를 뿌리쳤다.

그러나 이번엔 상황이 달라졌다.

적우강이 오히려 날아간 것이다.

"응?"

풍마도가 의아한 눈으로 적우강을 쳐다봤다.

연속해서 과도한 진기를 사용한 적우강에게 한계가 온 것이라 확신했다.

"놈, 이번엔 피할 수 없을 것이다."

풍마도는 살기를 뿜어냈다.

그때, 재차 공격할 준비를 하는 풍마도의 눈에 적우강과 한 명이 더 눈에 들어왔다.

적우강이 몸을 피한 곳은 풍마도에 이어 공격해 온 귀형검이 있는 곳이었다.

"안 돼! 귀형검, 피해!"

툭.

풍마도의 외침이 끝나자마자 바닥에 떨어진 귀형검의 신체 일부.

"으아아!"

귀형검은 비명을 지르며 소면추혼과 마찬가지로 잘린 팔을 집어 들었다.

'사라졌다!'

귀형검에게 시선을 주었을 뿐인데 그사이 적우강의 신형이 자리에서 사라진 것이다.

"……!"

풍마도는 등줄기를 타고 한기가 일어나는 것을 느껴야 했다. 그의 뒤에 적우강이 서 있다는 것을 굳이 돌아보지 않아도 알 수 있었다.

귀형검처럼 팔을 노릴까? 아니면 목?

수많은 생각이 풍마도의 머릿속을 지나갔다.

서걱.

"……!"

생각을 채 정리하기도 전에 섬뜩한 느낌이 풍마도의 허벅지를 지나갔다. 그리고는 의지와 무관하게 풍마도를 바닥에 쓰러뜨리고 말았다.

짧은 신음과 함께 풍마도의 다리에서 피분수가 터졌지만 적우강의 손은 멈추지 않았다.

바닥에 쓰러진 풍마도의 어깨에 자하검을 꽂았다.

"컥!"

"이제 너만 남았다, 꽉… 꽉일비!"

적우강은 급히 주위를 돌아봤다. 당연히 한쪽에 쭈그리고 앉아 있어야 할 곽일비의 모습이 어디에도 없었다.

그때였다. 바위 뒤쪽에서 지켜보고 있던 혁련궁이 다가와 풍마도의 다리를 가볍게 밟았다.

꽈득!

"그놈이 어디로 갔는지 말하는 것이 좋을 거야."

"큭… 모, 모른다."

"그래?"

혁련궁은 풍마도의 다리에서 발을 떼고는 소면추혼과 귀형검을 풍마도의 옆으로 끌고 왔다.

"놈이 어디로 갔지?"

혁련궁의 질문에 셋 중 누구도 입을 열지 않았다.

혁련궁은 차갑게 조소했다.

퍽. 퍽. 퍽.

짧게 끊어진 소리였으나 그것은 너무 빠르게 세 사람이 차이는 바람에 대표 음향만 나는 것에 불과했다.

적우강에 의해 잘려진 곳들을 가격하는 혁련궁의 퇴법은 가히 절정의 수준이었다.

"자, 잠깐… 내가… 큭!"

말하려는 소면추혼을 혁련궁은 거칠게 발로 차버렸다. 말은 했지만 굳이 안 들어도 그만이라는 듯 혁련궁의 발길질은

끝없이 이어졌다.

"마, 말하겠다!"

"말하겠다고?"

"어차피 너희들이 그곳을 간다고 해도 소용없을 테니까. 크큭."

풍마도가 얼굴을 찡그리며 입을 열었다.

그러나 쉽게 다음 말을 잇지는 않았다.

"됐다."

혁련궁이 콧방귀를 뀌며 다가왔다.

"묵혈마수님은……."

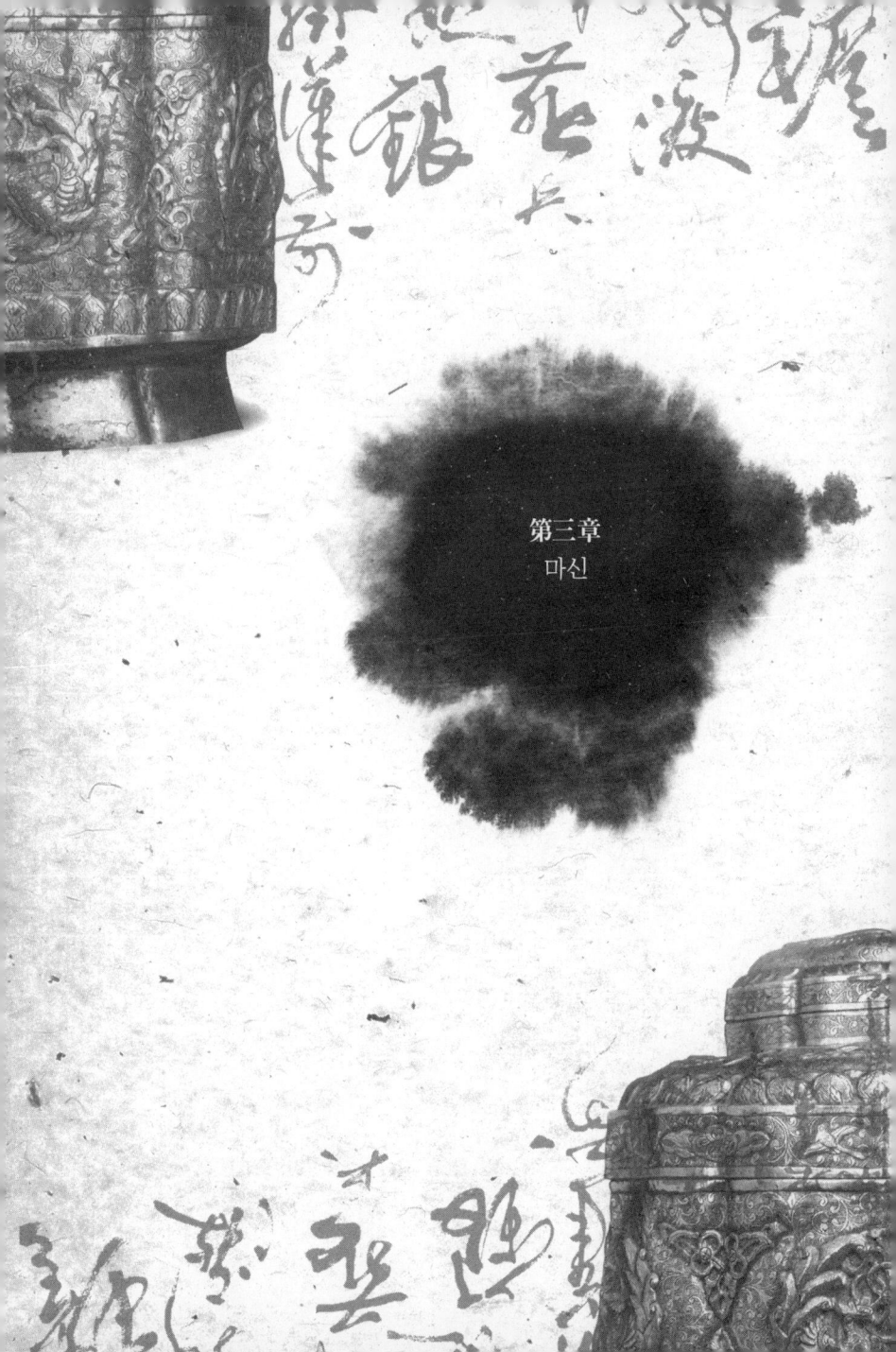

第三章
마신

마중천의 심처.

툭.

"......."

형우는 뺨에 떨어진 빗방울을 무의식적으로 닦았다.

하늘을 올려다보자 검게 뭉친 구름이 곧이라도 뭔가를 토해낼 것처럼 사나운 형상을 하고 있었다.

"오전까진 괜찮더니 갑자기 흐려졌군."

형우는 구중뇌옥을 다녀오는 길이었다.

그곳에 갇힌 묵혈마제를 만나 확인할 것이 있었기 때문이다.

"마마대공의 속셈을 모르겠군. 하나뿐인 동생에게 대성하면 광인이 될 수밖에 없는 묵혈음수공을 전했다? 왜? 왜 그런 짓을 했지?"

구중뇌옥에 갇힌 묵혈마제는 쇠사슬에 꿰여 뼈만 앙상한 몰골로 죽어가고 있었다. 안내해 준 구중뇌옥주 엽사의 말에 의하면 미쳐서 아직까지 살아 있을 뿐 죽은 시체나 다름없다고 했다.

묵혈마제와는 친구나 마찬가지라며 모든 것이 묵혈음수공 때문이라고 했다.

그 말을 듣고 형우는 의아해졌다.

구중뇌옥을 찾기 전에 묵혈음수공이 적혀 있는 비급을 그 역시 봤기 때문이다.

"묵혈음수공은 나도 봤다. 하나, 처녀의 피를 흡수하여 내공을 증진시키는 것 외에는 별 내용이 없더군."

"변형되기 전의 묵혈음수공은 그렇습니다."

"변형되기 전? 그럼 또 다른 묵혈음수공이 있다는 건가?"

"원래의 묵혈음수공만으로는 묵혈마제가 그토록 강해질 리가 없었죠. 미치기 직전에는 거의 도검불침의 신체까지 이루었으니……."

"원래의 묵혈음수공? 더구나 도검불침을 이뤘는데도 미쳤다고?"

"그래서 저도 이상하게 여겼습니다. 묵혈음수공을 익혀서 얼마나 좋아했는데……."

"그, 바뀌었다는 묵혈음수공은 왜 무고에 없지?"

"속성심공의 경우, 누구나 자신에 맞게 변형해서 사용할 수 있습니다."

"묵혈마제가 변형했다는 건가?"

"클클. 묵혈마제는 알아주는 꼴통이었습니다. 그럴 능력이 있을 리가 없죠."

"그럼 누군가가… 줬다는 거군."

"묵혈마제가 마마대공의 명령을 자주 받은 걸 보면 짐작하실지도……."

"마마대공?"

"벌써 십 년도 더 전의 얘기입니다. 마마대공과 관련된 일이기에 모두들 '쉬쉬' 하지만 다들 알고 있는 일입니다."

염사와의 대화로 인해 형우는 더욱 머리가 아파졌다.

그처럼 위험한 무공을 마마대공은 왜 자신의 동생에게 익히도록 했을까?

의문의 증폭으로 생각에 잠겨 있을 때였다.

형우의 뒤로 그림자 하나가 접근했다.

"폭풍마룡님."

형우는 자신을 부르는 조심스런 목소리에 고개를 돌렸다. 돌아선 곳에는 붉은 머리카락 몇 가닥을 앞으로 내린 노인이 서 있었다.

무극신마가 생존해 있을 때 따르던 적모천존 초악이었다.

"적모천존이 어쩐 일이오?"

"금지에 가셨다는 말을 듣고 왔습니다."

초악은 형우를 살피듯이 쳐다봤다.

"내가 금지에 왔다는 것 때문에 찾아왔다고? 뇌옥에는 알아볼 것이 있어서 왔을 뿐이오."

"알아볼 것이라면……."

형우의 일에 초악이 관심을 보이는 것은 무척이나 건방진 행동이었다.

"내 일에 관심이 많구려. 한 가지 무공을 조사하려고 왔소."

"흠! 묵혈음수공, 맞습니까?"

초악은 벌써 많은 걸 알고 온 모양이다.

형우는 초악의 반문에 잠시 대답하지 않았다.

평소에는 얼굴 보기도 쉽지 않은 사람이 갑자기 나타나 형우의 행적을 다 꿰고 있잖은가?

앞에 나타난 데에는 이유가 있는 것이다.

"알고 있으면서 뭘 물으시오?"

형우의 표정이 험악해졌다.

초악은 눈동자만 좌우로 돌려 주위를 살핀 후 형우에게만 들릴 정도의 목소리로 입을 열었다.

"조금 후에 뵙겠습니다."

무척 조심스러운 목소리였다.

형우는 뭔가 이상했으나 초악의 의도를 알고서 재빨리 표정을 풀었다.

"여튼 먼저 갈 테니 나중에 봅시다."

형우는 손까지 흔들어주는 것을 잊지 않았다.

스슷.

형우가 탁자에 앉아 초악의 행동에 대해 생각하고 있을 때 소리도 없이 창가로 내려선 인영이 있었다.

적모천존 초악이었다.

"귀를 가진 것들은 모두 치웠소."

초악이 인기척을 내기도 전에 형우가 먼저 입을 열었다.

"훌륭하십니다. 제 기척을 알아차리시다니."

"대공들에 비할 바는 아니지."

"역시 소문이 사실이었군요."

"소문?"

"사대대공들이 폭풍마룡을 주시하고 있다는 소문 말입니다."

"훗. 좋은 말인데 내 귀에는 경고처럼 들리니 이게 무슨 조화지?"

형우는 초악의 말을 비꼬며 웃었다.

"묵혈음수공에 대해 알아보는 이유가 마마대공 때문입니까?"

초악은 눈치 빠르게 화제를 돌렸다.

표정을 굳히며 무척이나 진지한 모습이었다. 마치 마마대공이 바로 앞에 있기라도 하는 것처럼 고개를 돌려 살피기까지 했다.

"뭔가 알고 있군, 그렇지?"

형우로서는 의아해지는 상황이었다.

초악이 마마대공의 간세가 아닐지도 모른다는 생각이 불현듯 든 것이다.

"묵혈음수공에 대한 조사를 그만두십시오."

"조사를 그만둬라?"

형우는 다시 한 번 자신의 예상이 빗나간 것을 깨닫고 이채를 발했다.

"더 깊이 파고들면 목숨이 위험… 흡!"

"마마대공이 시키더냐?"

형우가 초악의 목을 엄지와 검지로 누르고 있었다.

대답을 재촉하는 형우의 눈이 초악에게 박혀들었으나 초
악은 고개를 좌우로 흔들며 형우의 손을 떼어냈다. 그 동작이
너무도 신속해 형우는 자신도 모르게 놓치고 말았다.

"제가 찾아온 것은 십대장로셨던 무극신마님께 입은 은혜
때문입니다. 묵혈음수공에 대한 조사는 이쯤에서 그만두십
시오."

'누구지? 적모천존을 부리는 자가 있다. 마마대공? 아니면
다른 대공?

"구중뇌옥주는 오늘 중으로 바뀝니다."

"무, 무슨 소리! 장로들도 하루 만에 구중뇌옥주를 바꾸진
못하는데."

"그분께선 가능하십니다."

"그분? 마마대공을 말하는 건가?"

"……."

초악은 씁쓸하게 웃으며 고개를 저었다.

그 모습에 형우는 뒤통수를 크게 맞은 것처럼 휘청거렸다.

'마마대공이 아니라고?

초악의 표정은 분명 그렇게 말하고 있었다.

"마신께선 자신의 행적이 드러나는 것을 좋아하지 않으십
니다."

"마… 신?"

형우는 아무리 기억을 더듬어도 들어본 적 없는 이름에 고개를 갸웃거렸다.

"그분은 진정한 마의 길을 걷고 계신 분이십니다."

"나는 왜 그걸 모르고 있지?"

형우의 표정이 살벌해졌다.

"그분의 존재를 알고 있는 사람들은 극히 소수입니다. 구대장로님들과 사대대공만이 알고 있습니다."

"적모천존은 그 마신이란 사람과 어떤 관계지?"

"관계라니요. 저는 단지 심부름꾼에 불과합니다. 부름에 응할 수 있다는 것 자체가 영광이지요."

"……!"

형우는 할 말을 잃었다.

적모천존과 같은 고수를 심부름꾼으로 부릴 고수가 있다?

믿을 수가 없었다.

형우의 반응을 지켜보던 초악은 고개를 저으며 다시 입을 열었다.

"이런 말씀까진 안 드리려 했지만 어쩔 수가 없군요. 왜 천주의 자리가 계속 비어 있는 줄 아십니까?"

"……?"

"그분께서 아직 사대대공 중 누구도 천주로 인정하지 않으신 까닭입니다."

"……!"

형우의 눈이 찢어져라 부릅떠졌다.

초악이 한 말은 엄청난 것이었다.

마중천의 천주를 뽑는 사람이 따로 있다?

구대장로의 회의를 거쳐 정하는 자리가 아니었단 말인가?

"어, 어딜 가야 그… 적모천존이 말하는 그분이란 사람을 만날 수 있지?"

형우가 다급하게 물었으나 초악은 고개만 절레절레 흔들었다.

"무슨 뜻?"

"그분께서 만나겠다고 하시기 전까지는 아무도 그분을 만날 수 없습니다."

"구대장로님들도? 사대대공도?"

"그렇습니다."

"그럼… 진마관이군."

마중천 삼대금지 중 한곳으로 천주의 거처라고만 알려졌던 곳이었다.

이번엔 초악이 눈을 부릅떴다.

형우의 눈은 이미 진마관이 있는 곳을 향해 있었다.

"진마관으로 가봐야 소용없습니다. 그분께선 운남으로 가셨으니까요."

"운남?"

*   *   *

운남 애뢰산(哀牢山) 늪지.

하늘까지 치솟은 울창한 나무 숲 사이를 지나가는 인영이 있었다. 인영의 걸음은 독특했다. 분명 움직이는 것은 맞는데 상체와 하체가 고정된 것처럼 흔들림이 없었다.

은발에 흑색장포를 걸치고 잘생긴 외모의 이십대 후반으로 보이는 청년이었다. 특이한 무공을 익혔는지 동공은 회색빛이었고 지나칠 정도로 무표정했다.

"미물들이 많아진 것을 보니 다 온 모양이군."

한참을 미끄러지듯 나아가던 청년의 입에서 억양 없는 목소리가 흘러나왔다.

슥.

무언가를 당기는 시늉.

끄그그—

빽빽한 숲 안 저쪽에서 묘한 음향이 났다.

비단옷이 찢기는 소리 같기도 하고 활시위 당겨지는 소리 같기도 했다.

음향이 멈췄다 싶은 순간.

쉭.

뭔가가 숲 안으로 사라졌다.

아직 움직이지 않고 있던 청년의 몸이 여러 겹으로 퍼지기 시작했다.

숲 안쪽에는 정적이 흐르고 있는데 그 사이를 무수히 많은 청년의 환영이 지나가고 있었다. 처음엔 천천히, 그러나 곧 뒤따르던 환영들이 하나로 합쳐졌다.

그리고 시작된 숲의 진동.

콰콰콰콰!

청년의 환영이 사라진 자리에서 엄청난 굉음이 일어나며 숲 안쪽으로 빨려 들어갔다.

실체의 속도를 쫓아오지 못한 것은 청년의 환영만이 아니라 숲 역시 마찬가지였던 것이다.

환영이 완전히 하나가 된 것은 얼마 지나지 않아서였다. 가로막는 모든 것을 통과한 환영이 청년의 실체와 하나가 됐다.

뒤쪽에서는 여전히 굉음이 끊이지 않고 이어지고 있었다.

청년이 멈춘 곳은 거대한 벽 앞이었다.

순간적으로 몇백 장을 움직인 것이다.

"여기군, 검림."

청년은 호흡 하나 흐트러지지 않은 목소리로 날 선 검기가 느껴지는 벽 너머를 바라보았다.

"천마는 이미 칠백 년 전에 죽었는데 그걸 모르는 미물들이라니. 천마도 이루지 못한 극마의 경지에 도달한 나, 마신이 직접 알려주지."

청년은 겉으로 보기엔 이십대 후반으로 보이지만 관결을 처음 만났을 때 이미 백 세 가까이 된 노인이었다. 인간의 영역을 넘어서면서 반로환동이 되어 젊은 육체를 유지할 수 있게 된 것이다.

관결을 마중천주로 만들기 위해 마교의 무공 세 가지를 알려준 장본인이 바로 그였다.

"관결, 네가 살아 있었으면 좋았을 것을. 네 체질이었다면 몇십 년은 앞당겼을 텐데. 그 시간을 참지 못하고 천마의 힘을 탐하다 죽어? 수라분천회혼마공을 익히고도 마성에 잠식되지 않았으면서 겨우 천마검을 얻기 위해 죽다니……."

마신의 회색빛 동공이 투명하게 변하기 시작했다.

"돼지 목에 진주를 달아준 것이야. 뭐, 이젠 그런 것도 필요없게 됐지만. 앞으로 천하는 천마 따위의 이름은 잊고 나, 마신을 숭배하게 된다."

마신은 가로막고 있는 벽을 슬쩍 문질렀다.

그러자 그의 손이 닿은 곳에서부터 균열이 일어나더니 급기야 벽이 무너지고 말았다.

안쪽에서 기다리고 있던 무인들은 그가 이런 식으로 들어올 줄 몰랐던 모양이다. 무너진 벽을 바라보다 일제히 검기를 발출했다.

번쩍.

마신의 손에서 회색빛이 빠져나갔다.

*　　　　*　　　　*

하란미가 납치됐다는 소식이 강호에 퍼지면서 정도맹의 무인들이 백운산으로 대거 몰려왔다. 하지만 그들은 의도완 달리 아무것도 할 일이 없었다.

붉게 물든 땅 위를 종횡무진하는 두 명 때문이었다.

"끄아악!"

"컥!"

짧고 굵은 비명들 사이를 지나며 거칠게 숨을 몰아쉬는 두 인영은 바로 구자귀와 가대건이었다.

두 사람은 찬마흑살대 마지막 일인까지 도륙한 후에야 뒤로 돌아섰다. 두 사람의 손에는 백갑과 묵투가 끼워져 있었다.

혁련세가와 하란세가의 무장들은 입을 벌린 채 다물 줄을
몰랐다. 그런 그들에게 한 사람이 다가왔다.

"혁련세가의 장 무장님 아니십니까?"

최근 도를 사용하는 무인들 중 발군이라 인정받는 무인인
뇌정신도 궁화룡이었다.

궁화룡은 당연히 반응이 있을 줄 알았으나 장 무장이라 불
린 중년인은 돌아보지 않았다.

궁화룡이 다시 한 번 불렀을 때에야 고개를 돌렸다.

"헛, 누구……."

장 무장은 깜짝 놀라 궁화룡을 쳐다봤다.

장 무장 정도 되는 고수가 궁화룡의 등장을 몰랐다?

궁화룡은 심각한 표정이 되어 입을 다시 열었다.

"저는 뇌정신도 궁화룡이라고 합니다. 일전에 정도맹에서
뵌 적이……."

"아! 기억납니다. 혁련세가의 장언입니다."

"돕기 위해 왔습니다. 혁련 총순찰님은 어디 계시고 무장
들께서만 계십니까?"

"혁련 소가주님께선 하란 소저를 구하기 위해 놈을 따라가
셨습니다."

"놈? 누굴 말입니까?"

"모르는 자였습니다."

"그런데 혁련 총순찰님만 보냈다는 말씀이십니까?"

"함께 간 사람이 있습니다."

"누구……."

장언이 적우강에 대해 말을 하려 할 때였다.

구자귀와 가대건이 있는 곳에서 병장기 부딪치는 소리가 들렸다.

"웅? 아직도 백갑과 묵투를 막아낼 고수가 있었던가? 마중천의 정예도 대단하지만……."

"예? 백갑과 묵투라니요? 도대체 지금 어떤 상황인지 말씀 좀 해주십시오. 저들 둘은 누굽니까?"

"마중천의 찬마흑살대를 도륙하는 고수들이오."

"그런 말이 아니라……."

"백갑과 묵투의 주인들이오."

"아!"

궁화룡도 백갑과 묵투에 대해서는 알고 있는지 탄성을 터뜨렸다.

"저들의 장문대행이 혁련 소가주님과 함께 가셨소."

"장문대행?"

"점창파의 장문대행이오."

"저, 점창파요?"

장언의 대답에 궁화룡은 미간을 좁히며 구자귀와 가대건

을 돌아봤다. 도와주고 싶어도 저 두 사람이 뿜어내는 기세에 위화감이 들어 나서기 힘들었다.

'백갑과 묵투의 주인이 점창파의 인물이라고? 점창파라면 수라검귀의 사문이라고… 헉! 혹시 저들이 수라검귀의 사형들?'

궁화룡이 모를 리가 없었다.

삼 년 전 화산군웅대회에 가지는 않았지만 그곳에서 일어났던 수라검귀의 무용담은 지금도 심심찮게 회자되고 있기 때문이다.

소림의 진부동, 무당의 소무백, 화산의 화군악.

실제 우승자는 화군악이지만 모두들 이구동성으로 진짜 우승자는 수라검귀라고 말했다. 그것을 증명하듯이 화군악은 삼 년째 화산파를 나오지 않고 있었다.

궁화룡은 시체들을 향해 걸어갔다.

백여 구는 족히 될 시체들.

그들의 몸에 난 상처들은 지저분하지 않았다.

잘리거나 뚫리거나 했지만 깨끗했다.

혁련세가의 무장들과 하란세가의 무장들이 손을 멈춘 걸로 봐서 대부분은 구자귀와 가대건의 손속이었다.

"끝!"

심각한 얼굴로 시체들을 살피는 궁화룡의 귀로 통쾌하다

는 웃음이 들려왔다.

찬마흑살대의 피가 튀어 혈인이 된 구자귀와 가대건이 서로를 보며 웃는 소리였다.

궁화룡은 어이가 없었다.

이렇게 엄청난 싸움을 벌였으면서도 웃을 여유가 있단 말인가?

나이는 많아봐야 서른 초반.

궁화룡은 그들에게 다가가 자세히 질문을 하려 했다.

하지만 그보다 먼저 움직인 사람들이 있었다.

"진정 두 분의 무공에 감탄했소."

장언이 먼저 포권을 취하자 다른 무장들 역시 진심이 담긴 표정으로 손을 포개 감사의 뜻을 전했다.

"쿠헤헤. 별것 아닙니다. 우리도 장문대행께서 시키지 않았… 윽!"

"점창파의 제자로서 당연한 일을 한 것뿐이오."

구자귀가 가대건의 말을 자르며 마주 포권을 취했다.

너무도 자연스럽고 당당해서 오히려 포권을 취한 무장들이 머쓱해지고 말았다.

"두 분이 마인들을 처리한 것은 알겠는데 점창파의 공이라고 하긴 그렇지 않소? 후후후. 혁련세가와 하란세가 무장들의 체면도 있는데 말이지……."

궁화룡이 구자귀를 쳐다보며 못마땅한 표정으로 비꼬았다. 그로서는 당연한 것이었다. 점창파의 이름보다는 혁련세가와 하란세가의 이름이 더 높은 탓이다.

그러나 그것은 그만의 착각이었다.

도움을 받은 쪽은 혁련세가와 하란세가지 점창파가 아니었다.

"누구냐, 가 사제?"

"몰라요. 신경 쓰지 말고 장문대행께 가보기나 하자구요."

"그래."

구자귀가 가볍게 대꾸하고는 돌아서려 했다.

두 사람의 대화에 궁화룡은 얼굴을 붉혔다. 당연히 거들줄 알았던 혁련세가와 하란세가의 무장들 역시 가만히 있었다.

"험. 이곳에 있었던 일을 곧 도착하실 분께 설명해야 하니 두 소협은 잠시 멈추……."

궁화룡의 말과 상관없이 구자귀와 가대건은 주위를 살피고 있었다. 그 모습에 궁화룡이 눈을 가늘게 뜨며 노려봤다.

"화산파의 오 장로께서 오셔도 그런 태도를 취할 수 있는지 한 번 볼까?"

궁화룡은 구자귀와 가대건의 실력을 본 까닭에 직접 혼을 내주긴 두렵고 곧 도착할 화산파의 오 장로 이름을 팔았다.

그의 말이 끝나는 순간, 구자귀와 가대건의 신형이 동시에 멈췄다.

'그럼 그렇지.'

궁화룡의 표정에 웃음이 감돌았다.

"지금 누구라고 했소?"

구자귀가 반문했다.

"화산파의 오 장로님이라고 했네."

"오 장로… 그가 오는군."

구자귀는 고개를 끄덕이며 가대건을 돌아봤다.

오 장로란 사람을 만나고 싶다는 뜻이었다.

가대건은 어깨를 으쓱했다.

"아는 사람이에요?"

"조금."

"그럼 보고 가죠. 화산파에 있을 때 도움을 줬다는 그분인 가요?"

"응. 꽤."

낭인으로 지내던 구자귀에게 마부 자리를 내준 한 장로와 는 달리 안 보이는 곳에서 틈만 나면 구박을 하던 자가 오 장 로였다.

"오랜만이라 보고 싶다."

"……"

구자귀를 가장 잘 안다고 자부하는 가대건이었다.

지금 구자귀는 말을 거꾸로 하고 있었다.

만나고 싶지 않은 인간을 만나려 하는 것이다.

가대건은 손으로 자신의 얼굴을 닦으며 인상을 썼다.

오 장로란 노인이 나타난 것은 구자귀가 앉은 지 얼마 되지 않았을 때였다.

도복을 입은 자세는 조금의 흐트러짐도 없었으나 번드르르한 외모 때문에 도사의 풍모는 잘 느껴지지 않았다. 눈꺼풀을 살짝 내리깔고 섭선을 든 자세는 무척이나 고압적으로 보였다.

"오셨습니까, 오 장로님."

궁화룡이 달려가듯이 맞이하며 장언으로부터 들었던 얘기를 했다. 물론 마인들의 시체에 대해서는 말하지 않았다.

"그것이 다인가요, 궁 대협?"

궁화룡은 오 장로가 대협이란 호칭을 사용해 주자 입이 귀에 걸리며 손으로 구자귀를 가리켰다.

"저 두 소협이 오 장로님이 오신다는 말을 듣고 기다리고 있었습니다."

"……."

오 장로는 여전히 사람을 내려다보는 눈으로 구자귀와 가대건을 돌아봤다.

그때, 천천히 구자귀의 시선이 돌아갔다.

어디선가 본 듯한 인상.

오 장로는 고개를 갸웃거리며 생각해 내려 했다.

그러나 이내 그만두고 말았다.

그를 만나러 왔다면 먼저 인사를 하러 올 것이기 때문이다.

"……."

"……."

두 사람은 서로를 쳐다볼 뿐 먼저 인사를 건네지 않았다.

중간에 낀 궁화룡은 그제야 불안해지고 말았다.

화산파의 장로를 보며 인사를 건넬 생각도 안 할 정도의 무서운 놈이란 것을 깨달은 까닭이다.

"험! 저 소협은 점창파의 제자라고 합니다."

"점창파?"

가볍게 내리깔고 있던 오 장로의 눈꺼풀이 완전히 열렸다. 점창파라면 치가 떨리는 그였다. 삼 년 전에 당한 화군악의 수모는 화산파 전체의 수모나 마찬가지였기 때문이다.

'가만, 저 얼굴……!'

문득 오 장로의 머릿속으로 한 명이 떠올랐다.

"구자귀?"

오 장로가 또박또박 세 글자를 말하자 구자귀가 자리에서 일어나 다가왔다. 절름발이였어야 하는 구자귀의 다리는 멀쩡했다.

'뭐, 뭐지, 이 압박감은?'

오 장로는 구자귀와의 거리가 가까워지면서 답답함을 느꼈다. 마치 엄청난 고수와 대치하고 선 듯한 착각이 들 정도였다.

"오랜만입니다, 오 장로님?"

"다리가 멀쩡해졌구나?"

"장문대행께서 고쳐 주셨습니다."

"그, 그래? 다행이구나. 허허허."

오 장로의 웃음이 무척이나 어색했다.

"문파가 다른데 왜 말을 놓는 거지, 기분 나쁘게."

구자귀와 함께 걸어오던 가대건이 인상을 쓰며 오 장로를 쳐다봤다.

"저, 저런 광오한 놈을 봤나!"

궁화룡이 대경하여 소리쳤다.

"광오한 놈? 쳇. 이봐, 당신. 나 본 적 있어? 어따 대고 반말이야, 반말이!"

가대건이 궁화룡과는 비교도 할 수 없이 커다란 목청으로 소리치고는 당장 손이라도 쓸 것처럼 한 발을 내디뎠다.

척.

"구 사형, 왜요?"

"장문대행님의 얼굴에 먹칠을 할 셈이냐?"

"그게 왜 먹칠이에요? 점창파의 제자로서 당연히 받아야 할 대우죠!"

"가 사제, 말이 지나치다."

"다른 건 몰라도 그건 양보 못합니다."

가대건이 지지 않고 대답했다.

상황이 이상해지자 오 장로는 머쓱해지고 말았다.

그를 추종하는 많은 무인들이 뒤에서 지켜보고 있는데 결정을 내리지 않으면 안 될 것 같았다.

"자귀야, 과거의 인연 때문에 한마디 하지 않을 수 없구나. 자고로 문파라면 사형제 간의 규율이 엄격해야 한다. 네 사제는……."

"오 장로님."

"음?"

오 장로는 구자귀가 갑자기 자신의 말을 끊자 미간을 좁혔다.

"가만히 생각해 보니 틀린 말이 아니네요."

"허허허. 그렇지?"

"앞으로는 제 이름을 함부로 부르지 마십시오. 문파의 규율에 대해 잘 아시는 분께서……. 하마터면 제가 실수를 할 뻔했군요."

"뭐? 자귀, 네 이놈!"

오 장로는 구자귀가 일부러 자신의 말을 우습게 만들었다는 것을 깨닫고 버럭 소리를 질렀다. 하지만 더 이상 호통은 이어지지 못했다.

목 언저리에 날아드는 예기.

가대건의 검이 향하는 곳이었다.

오 장로는 가대건의 검을 피할 자신이 있었다. 하지만 피하고 난 후 구자귀의 검까지 내칠 수 있을지 확신할 수 없었다.

'확신이 들지 않은 상태에선 손을 쓰면 안 된다. 하나 이대로 물러서는 것 역시 체면상 말이 되질 않는다.'

오 장로는 섭선에 힘을 가했다.

"저… 지금 말씀드리긴 뭣하지만 저 두 소협이 찬마흑살대를 모조리 해치웠습니다."

상황이 묘해지자 궁화룡이 조심스럽게 입을 열었다.

오 장로가 망설이는 것을 본 까닭이다.

'헉! 저, 저 찬마흑살대를 겨우 둘이서 해치웠다고?'

섭선에 들어갔던 힘이 스르르 풀리고 말았다. 두 사람을 혼내려다 오히려 망신을 당할 것 같은 생각이 든 것이다.

"허허허. 조금 전, 말이 좀 지나쳤네. 과거의 인연만을 생각하다 잠시 허언이 나왔네. 이해해 주게, 구… 소협."

오 장로의 결정은 빨랐다.

부들부들 떨리는 볼로 먼저 화해를 청한 것이다.

그러다 문득 오 장로의 머리를 스쳐 지나가는 생각이 있었다. 이렇게까지 했는데 만약 구자귀가 거절을 하면 어쩌나 싶은 생각을 한 것이다.

구자귀는 쉽게 대답하지 않았다.

오 장로의 이마로 땀 한 방울이 흘러내렸다.

"이해라니요, 오 장로님. 제 말을 곡해없이 받아들여 주신 점, 진심으로 감사드립니다. 화산파의 오 장로께 점창파의 제자 구자귀가 정식으로 인사드립니다."

"가대건입니다."

구자귀의 말이 끝나기 무섭게 가대건도 따라서 포권을 취했다. 두 사람의 이러한 행동은 지켜보는 모든 사람들에게 강한 인상을 심어주기에 충분했다.

'아차! 이놈들이 이걸 노렸구나!'

오 장로는 구자귀와 가대건의 노강호에게나 볼 수 있는 술수에 당했다는 것을 깨달았다. 하지만 화를 내기엔 이미 늦은 후였다.

"잘하셨습니다, 사형들."

허공에서 들려온 젊은 목소리.

오 장로는 머리가 '띵' 해지고 말았다.

이렇게 가까이 다가올 때까지 기척을 느끼지 못했기 때문
이다.

털썩.

"끄아악!"

"컥!"

네 마디의 비명이 이어졌다.

신체의 일부가 잘려진 마마사천사들이었다.

"화산파의 오 장로님께서 와주신 줄 몰랐습니다."

"……!"

귀에 익은 목소리에 오 장로는 급히 뒤를 돌아봤다.

뒤쪽에는 혁련궁이 하란미를 안고서 처음 보는 청년과 마
기를 내뿜는 외팔이노인과 함께 서 있었다.

"혁련 총순찰, 하란 소저를 구하셨구려!"

"적 장문대행 덕분에 구할 수 있었습니다."

"적 장문… 수, 수라검귀!"

오 장로는 적우강을 보는 순간 자신도 모르게 적의를 드러
내고 말았다. 구자귀와 가대건을 봤음에도 적우강의 얼굴을
보자 삼 년 전의 일이 떠오른 것이다.

"하하하. 그렇죠, 적 장문대행보다는 수라검귀란 이름이
더 유명했죠."

혁련궁이 적우강을 돌아보며 웃었다.

어느새 혁련세가와 하란세가의 무장들이 다가와 있었다.

"한데 저들은 누굽니까?"

역시나 이번에도 궁화룡이 일을 만들었다.

"그들은 마마사천사라는 자들입니다."

"마마사천사?"

"마중천의 사대대공 중에서 마마대공의 호위들입니다."

"마, 마마대공의 호위!"

궁화룡은 깜짝 놀라 마마사천사들에게서 눈을 떼지 못했다. 마마대공이란 이름은 공포 그 자체였다. 그런 자들이 신체의 일부를 잃은 모습으로 쓰러져 있다?

궁화룡의 시선이 적우강의 뒤쪽을 향했다.

외팔이노인이 오연하게 서 있었다.

'저자는 누구지? 정도인이 아닌 건 분명한데 어째서 혁련총순찰과 함께 있는 거지?

궁화룡은 보는 것만으로도 오금을 저리게 만드는 낭백을 보며 마른침을 삼켰다.

"낭백, 이들을 묶어라."

적우강이 아무렇지도 않게 한 발 뒤에 서 있는 낭백에게 명령을 내렸다.

"예, 주군."

낭백은 아무 말 없이 마마사천사의 팔을 묶었다.

"낭… 백? 혁련 총순찰, 혹시 저……."

오 장로는 과거의 잊지 못할 한 사건을 기억해 냈다.

"맞습니다, 오 장로님께서 생각하시는 그 사람입니다."

"혀, 혈염도!"

오 장로는 예상했던 이름이 나오자 깜짝 놀라 소리쳤다. 그의 외침 때문에 사람들이 일제히 낭백을 두려운 눈으로 처다봤다.

마마사천사를 다 묶은 낭백은 주위를 둘러보며 픽, 웃음을 날릴 뿐 아무런 반응도 보이지 않았다.

오 장로의 나이는 현재 오십 초반, 낭백에 비해 이십 년 이상 적었다. 하지만 삼십 년 전 혈염도 낭백이란 이름은 마두의 대명사라 해도 과언이 아니었다. 모를 리가 없는 것이다.

"혁련 총순찰님, 그럼."

마마사천사를 다 묶자 적우강이 혁련궁에게 포권을 취한 후 떠나려 했다.

"자, 잠깐 기다리시오, 적 장문대행. 정도맹으로 함께 갑시다."

"그럴 시간이 없다는 건 혁련 총순찰님이 더 잘 알잖습니까."

적우강은 혁련궁의 제안이 의외라는 눈으로 처다봤다. 지금부터 가야 할 곳에 대해서는 혁련궁도 들은 후이기 때문이다.

"정도맹의 정보력이라면 이틀 안에 당 소저의 행방을 수소문할 수 있소. 그런 후에 움직이는 것이……."

혁련궁은 풍마도가 곽일비에 대해 말할 때 같이 있었다. 하란미 다음으로 곽일비가 노리고 있던 여인은 당백지였다.

그런 사실을 모두 알고 있는 혁련궁이 적우강을 잡으려는 것이다. 하란미를 구하기 위해 백운산까지 어떻게 달려왔는지도 모르는 그가.

"제가 알아서 할 수 있습니다."

"무작정 당 소저를 찾아 헤매겠다는 거요?"

"짚이는 곳이 있습니다."

"어디요, 그곳이?"

"그럼."

적우강은 대답없이 돌아섰다.

혁련궁의 아쉬운 눈빛이 적우강을 향했다.

"적 장문대행, 굳이 가겠다면 말리진 않겠소. 하나, 마마사천사는 두고 가시오."

우뚝.

적우강의 신형이 거짓말처럼 제자리에 멈춰 섰다.

"이런 말을 하게 돼서 나도 유감이오. 그들은 정도맹의 중요한 인질들이오. 사적인 감정에 치우쳐 일을 그르칠 수 없소."

혁련궁의 목소리가 깊게 잠겼다.

어쩔 수 없었다. 적우강의 도움으로 하란미를 구하게 된 것도 잘 알고 있었고, 적우강이 마마사천사를 죽이지 않은 이유도 알고 있었다. 하지만 정도맹의 총순찰이란 신분은 적우강을 보낼 수 없게 만들었다.

"물에 빠진 사람 구해주니 보따리 내놓으라는 뜻이오, 혁련 총순찰?"

적우강의 표정이 딱딱하게 굳었다.

혁련궁의 명령이 없었는데도 무인들이 알아서 적우강을 에워싸고 있었다. 명령 여하에 따라서는 정말로 손을 쓸 기세들이었다.

"주군, 말씀만 하십시오. 모두 쓸어버리겠습니다."

낭백이 한 발 앞으로 나서며 아무렇지도 않게 말했다.

"적 장문대행, 한 가지만 대답해 주시오."

혁련궁은 적우강이 낭백에게 명령을 내리기 전에 먼저 입을 열었다.

"뭐요?"

"적 장문대행은 점창파가 아직도 구대문파 중 한곳이라 여기시오?"

"……?"

"……."

"당연하오. 그것은 돌아가신 사부님과 서벽풍 장문대행님께서 바라던 일이고 나 역시 그분들의 뜻을 이어받았기에 장문대행이 된 것이오."

"그럼 당 소저와 관련된 일이 마무리되면 정도맹에 들러주시겠소?"

'아!'

적우강은 혁련궁이 일부러 막았다는 것을 깨달았다.

혁련궁은 이곳에 있는 정도인들에게 적우강이 점창파의 장문대행이란 것과 점창파는 정도맹의 적이 아니란 것을 심어주기 위해 일부러 이런 대화를 유도한 것이다.

"어차피 가볼 생각이었습니다."

적우강은 그제야 오해가 풀린 웃음을 지으며 혁련궁에게 포권을 취했다.

'이 정도면 손해 본 건 아니지.'

혁련궁은 마주 포권을 취하고는 적우강이 마마사천사를 데리고 완전히 떠날 때까지 바라봤다.

"믿을 사람이 아니오, 혁련 총순찰. 혈염도 낭백과 같은 마두와 어울리다니. 예전부터 안 좋은 소문을 몰고 다니는 데에는 그만한 이유가 있는 것이지."

"하하하. 적 장문대행은 혈염도 낭백과 어울리는 것이 아닙니다. 사연은 몰라도 주종관계인 것이지요. 그런 관계는 종

종 보잖습니까, 낭백처럼 엄청난 고수는 아니겠지만."

"너무 안이한 생각이오. 사람들이 낭백을 가만히 둘 리가 없소."

"삼 년 전에 이미 영웅이 된 점창파의 장문대행 수라검귀가 혈염도 낭백을 거느리고 다시 강호에 모습을 나타냈다? 하하하. 정도맹으로서는 대단히 고무적인 일입니다."

혁련궁은 오 장로의 말을 못 들었는지 활짝 웃으며 돌아봤다. 그 모습에 오 장로는 인상을 썼으나 더 이상은 말을 하지 않았다.

第四章

검무

"장문대행… 아니, 이젠 장문인이라고 불러야겠군."

구자귀는 백운산을 내려와 사천성으로 향하는 길목에서 조용히 혼잣말을 꺼냈다. 옆에서 듣던 가대건이 슬쩍 구자귀의 어깨를 건드렸다.

"왜?"

"장문대행의 표정이 안 좋아요."

"그런데?"

"지금까지 저런 표정을 지을 때마다 일이 있었다구요. 뭔가 있는 게 분명해요."

가대건이 심각한 표정으로 적우강의 옆모습을 쳐다봤다.

"일은 무슨. 점창파의 재건 때문에 그러시겠지."

구자귀는 대수롭지 않게 여겼다. 지금 그의 머릿속에는 한 가지 생각으로 가득했다. 화산파의 오 장로 앞에서 당당하게 그가 점창파의 제자임을 밝힌 것이다.

그러나 고무된 구자귀는 곧 생각에서 깨어날 수밖에 없었다.

"지 매를 데려와야겠어요."

"지 매? 지 매라면… 당 소저?"

적우강의 느닷없는 말에 구자귀와 가대건이 동시에 멈춰 서며 놀란 목소리로 물었다.

"곽일비가 어디로 갔는지 알았거든요. 아무래도 검각에 갔다 와야 할 것 같습니다."

"아……."

"거봐요, 구 사형. 장문대행이 저 표정을 지으면 뭔가 일이 있는 거라고 했잖아요. 저는 준비 끝났습니다."

구자귀가 멍한 대답을 하자 옆에 있던 가대건이 이미 예상하고 있었다는 듯 팔을 걷어붙였다.

"저와 낭백만 가요. 두 분은 만물촌으로 가서 주 사형과 함께 움직이세요."

"예? 그럼……."

"궁금한 건 주 사형이 모두 설명해 줄 거예요. 최대한 빨리 돌아갈 테니 주 사형의 말을 따라주세요. 그리고… 저들은 살아 있어야 해요. 저들이 묻힐 곳은 이곳이 아니니까."

적우강은 마마사천사를 가리키며 차갑게 말했다.

적우강의 말을 구자귀와 가대건이 못 알아들었을 리 없었다.

"알겠습니다, 장문대행."

구자귀와 가대건은 대답을 하고는 낭백을 쳐다봤다.

우연찮게 동행을 하게 됐지만 적우강이 낭백에 대한 어떠한 설명도 해주지 않아 어색한 까닭이다.

적우강은 두 사람이 무슨 말을 하고 싶어하는지 잘 알고 있었지만 지금은 그럴 시간이 없었다. 모른 척 낭백에게 따라오란 말을 하고는 몸을 날렸다.

"만물촌에 가는 대로 저 외팔이노인에 대해 알아봐야겠다."

"예. 산을 내려오는 내내 소름이 돋아 짜증났다고요."

가대건 역시 같은 생각을 하고 있었다.

적우강 때문에 물어보지도 못했지만 낭백에게선 두 사람이 감당하기 힘든 마기가 쉴 새 없이 뿜어져 나오고 있었다.

"구 사형, 저런 노인이 왜 장문대행한테 주군이라고 부르는 거죠?"

"나중에, 나중에 말씀해 주시겠지."

"하여간 모를 분이라니까."

"하하하. 한두 해냐? 일단 만물촌으로 가자."

구자귀와 가대건은 마마사천사를 두 명씩 양쪽 어깨에 메고는 서둘러 신법을 펼쳤다.

지금 두 사람의 심장은 그 어느 때보다 빠르게 뛰고 있었다.

＊　　　＊　　　＊

마중천의 수많은 전각이 한눈에 들어오는 곳.

비 그친 뒤의 하늘에 석양이 내렸다.

창문 앞에 서서 석양을 바라보는 마마대공의 손에는 한 장의 서찰이 쥐어져 있었다.

찬마흑살대 전원 멸(滅). 정도맹 총순찰 혁련궁은 하란미와 백운산을 하산 중. 묵혈마수의 흔적은 어디에도 찾을 수 없음.

백운산으로 보낸 곽일비의 소식이었다.

"일비야, 무사해야 한다."

석양을 받은 마마대공의 붉은 얼굴은 딱딱하게 굳어져 있었다.

곽일비의 소식은 충격이었다.

그곳에는 곽일비가 내공을 한계까지 사용해야 할 고수는 없었다. 혁련궁도 거기엔 포함된다. 도저히 있을 수 없는 일이 일어난 것이다.

"혁련궁이 무사하다는 말은 누군가가 도와줬다는 뜻이다. 누구지? 일비의 구성에 가까운 묵혈음수공을 상대한 자가? 게다가 마마사천사도 소식이 끊어졌다. 혈염도 낭백? 그가 강하기는 하지만……."

마마대공은 혼잣말을 멈추었다.

수많은 전각 지붕들을 바라보던 눈동자가 옆으로 돌아갔다.

"벌써 삼 일째다. 오늘까지 연락이 없으면 직접 나서겠다."

마마대공의 말이 끝나기 무섭게 뒤쪽 벽에서 소리없는 움직임이 일어났다. 전신을 하얀 붕대로 휘감은 사내가 벽에서 튀어나온 것이다.

그러나 소리도, 기운도 느껴지지 않았다.

막 하얀 붕대의 사내가 완전한 형체를 갖추고 한 발 앞으로 움직이려는 순간이었다.

"늦었다, 만결수라."

마마대공은 단 한 마디를 했을 뿐이었으나 하얀 붕대의 사내는 그대로 자리에 굳고 말았다.

"쿵. 여전하시군요. 수라사신 만결수라가 마마대공님을 뵙습니다."

만결수라는 돌아보는 마마대공의 눈을 피해 고개를 조아리며 처음으로 입을 열었다. 조금 전에 마마대공이 늦었다고 한 말은, 만결수라가 암습할 기회를 놓쳤다는 뜻이었다.

"그분께서 허락하신 일이다. 너무 신경 쓰지 마라. 단지 시도는 네 마음이지만 실패는 곧 죽음이란 것만 잊지 마라."

"쿵. 잘 알고 있습니다."

"말해라."

"마뇌각에서 묵혈마수를 찾았다고 합니다."

"어디냐?"

"남해 쪽입니다. 한데 묵혈마수의 모습이 이상하다고 합니다."

"이상하다?"

"남해까지 가는 동안 꽤 많은 자들을 묵혈마수로 죽였다고 합니다. 한데, 골격이 크게 달라져서 마치… 괴물 같다고 합니다."

'괴물!'

마마대공의 표정이 일그러졌다.

곽일비의 골격이 바뀌었다는 것은 마성이 밖으로 빠져나왔을 때 외에는 있을 수 없는 일이었다.

"당장 데려와야겠다."

마마대공의 목소리에 조급함이 그대로 실려 있었다.

"쿵. 사람을 보냈습니다."

만결수라가 느닷없이 엉뚱한 말을 꺼냈다.

마마대공은 만결수라에게 사람을 보내란 명령을 내린 적이 없는 까닭이다.

"사람? 누구?"

"제가 보냈다는 것이 아니라… 오장로 무혈마제(無血魔帝)와 육장로 혈미륵(血彌勒)이 보냈습니다."

"장로들이?"

"폭풍마룡 형우가 천을 떠났습니다."

"폭풍마룡이?"

"쿵. 그가 최근 들어 유난히 묵혈음수공에 관심을 보이는 걸 알고서 보낸 모양입니다."

"유난히?"

"예?"

번쩍.

마마대공의 눈에서 순간적으로 강렬한 안광이 흘러나왔

다. 형우에 대한 보고 때문이 아니라 만결수라의 '유난히'란 말 때문에 보인 반응이었다.

'오! 재미있어지는데? 왜 그러실까, 마마대공? 동생에게 묵혈음수공을 알려준 이유 때문에? 그게 들통나면 곤란해지니까? 동생에게 천 명 가까운 여자 피를 제공한 걸 다른 대공이 먹어버릴까 봐? 크흐흥. 이봐, 마마대공, 네가 아는 걸 다른 대공들이 모를 것 같나? 큼큼.'

만결수라는 마마대공의 눈빛을 피하며 고개를 숙였다. 웃고 있는 모습을 들키지 않으려는 것이다.

"그분께선 뭐라고 하셨느냐?"

마마대공은 만결수라의 행동을 노려보다 화제를 돌렸다. 만결수라는 무슨 소리냐는 표정을 지었다가 마마대공의 눈빛을 접하고는 곧장 대답했다.

"아무 말씀도 없으셨습니다."

"환린대법을 사용한 자도 가능한 건가?"

마마대공은 슬며시 혼잣말을 가장해 만결수라의 반응을 지켜보려 했다.

그러나 그런 수법에 넘어갈 만결수라가 아니었다.

만결수라는 대답 대신 눈을 몇 번 꿈뻑거리며 어깨를 으쓱거렸다.

"네 따위가 알 리 없지. 됐다."

"그럼, 저는 이만 물러가겠습니다."

만결수라는 이내 나왔던 벽 속으로 스며들었다. 아니, 벽 속으로 사라진 것처럼 빠르게 몸을 감추었다.

"공마벽(空魔壁)… 저것이 공격으로 전환되면 과연 몇이나 피할 수 있을까? 형우가 문제가 아니라 네놈이 문제구나."

마마대공의 머릿속에 형우는 그리 큰 비중을 차지하지 못했다. 곽일비의 몸에 잠들어 있는 힘만 흡수하면 장로들은 신경 쓸 필요가 전혀 없었다. 장로들은 마중천주를 보필하는 존재이기 때문이다.

"암영, 네가 나서야겠다. 일비를 데리러 갈 때까지 보호해라. 굳이 네가 나설 필요는 없으니 앙천오제를 데려가 눈가리개로 써라."

마마대공의 명령이 떨어지기 무섭게 그늘진 천장에서 두 개의 푸른 동공이 나타났다 금방 사라졌다.

*   *   *

귀주성 태강의 한 포구.

이곳에서 일생을 보낸 포구자는 포구를 떠나는 배 한 척을 바라보며 인상을 썼다.

"왜 그러세요, 포 노인? 어디 아파요? 아프면 빨리 그 배나

팔아요. 제가 비싸게 사들일 테니. 히히히."

어부 중 한 명이 평소와 다른 포구자에게 장난스럽게 물었
다.

"저 배… 본 적이 없는데……."

포구자가 머리를 긁적이며 혼잣말을 했다.

그러자 함께 있던 어부들이 급히 달려들어 포구자의 입을
손으로 막으며 주위를 살폈다.

"저 배에 대해서는 아무 말도 하지 말아요, 포 노인. 얘기
를 들어보니까 저 배에 마인들이 타고 있는 모양이에요."

"마인?"

"예. 눈빛이 어찌나 사납던지 눈 한 번 마주쳤다가 오줌 쌀
뻔했다니까요. 퉤. 나도 강에서 잔뼈가 굵은 놈인데 그놈들
눈빛은 정말 살벌하더라구요. 해왕의 부하 말을 들으니 마중
천의 마인들이라네요."

"마중천?"

"해왕도 예전 같지 않은가 봐요. 마중천에게 배까지 뺏기
고. 에고."

'총호법께 연락을 해야겠다.'

포구자는 어부로 위장한 채 살아가는 하오문도였다.

집으로 돌아간 포구자는 어두운 상자에서 키우던 새를 하
늘 높이 날렸다.

새는 하루를 꼬박 날아 귀주성 하오문 지부에 도착해 먹이를 쪼아 먹었다.

새의 다리에 적힌 내용은 포구자가 본 사실이었고 그 내용은 곧장 암호로 전달되어 입에서 입으로 빠르게 사천성을 지나갔다.

"마중천의 마인들이 태강에서 배를 탔다? 해왕도 늙었으니 어쩔 도리가 없었겠지."

서찰의 내용을 빠르게 훑은 천잔수는 인상을 썼다.

해왕은 하오문과 마찬가지로 정과 마의 중립에서 바다를 지배하고 있는 해적이었다.

그런 해왕이 배를 내주었다면 마중천에서도 보통 고수를 보냈을 리 없었다.

"어딜 가려고… 가만, 태강? 태강이면!"

천잔수는 정보가 날아온 지역을 확인하고는 자리에서 벌떡 일어났다. 귀주성에서 그들이 배를 탈 이유가 없었다. 장강을 따라 움직이려 했다면 굳이 귀주성까지 갈 필요도 없을 테니까.

"태강은 바다로 나가는 물줄기와 연결되어 있다. 놈들은 검각으로 갈 생각이구나!"

적우강이 향한 곳도 검각이라고 했다. 이대로는 마중천의 무리들과 맞닥뜨리는 것은 시간문제였다.

"총관, 총관! 적 장문인에게 연락을 해라. 해남도로 마중천의 무리들이… 힉!"

천잔수는 방문을 열다 깜짝 놀라 눈을 동그랗게 뜨고 뒤로 물러섰다. 방문 앞에는 장유가 조용히 서 있었기 때문이다.

"뭐, 뭐냐, 총관!"

"보고드릴 것이 있습니다."

장유는 놀라는 천잔수를 보며 차분하게 입을 열었다.

"…뭐냐."

"정도맹의 고수들이 빠르게 남쪽을 향해 움직이고 있습니다."

"그런데?"

"조금 전에 총호법님이 말씀하셨던 내용과 연관이 있는 것 같아 보고드리러 왔습니다."

"내가 뭐라… 아! 마중천! 뭐야, 정도맹도?"

"그들의 목적지는 해남도라 추정됩니다. 더구나…….."

"더구나, 뭐?"

"무리를 이끄는 주축이 사천당가 사람들입니다."

"사천당가!"

천잔수는 장유의 말에 이마를 잡고 말았다. 적우강과 당백지의 관계를 누구보다 잘 아는 그로서는 당연한 반응이었다.

"무슨 수를 써서라도 적 장문인에게 그 사실들을 알려야한다. 문도들이 적 장문인과 연락이 닿을 때까지 최대한 그들의 발을 묶어놓아라."

"정도맹입니까?"

"마중천도."

"양쪽의 발을 잡아놓는 것은 현실적으로 불가능합니다. 금황표국과 은하전장에도 알리겠습니다."

"서둘러. 시작부터 엇나가서는 안 되니까."

천잔수가 걱정스런 눈으로 머리를 긁적이자 장유가 나가다 말고 돌아서며 한마디 건넸다.

"총호법님, 너무 걱정하지 마십시오. 적 소협의 현 무위라면 마중천의 내관고수들이라고 해도 어쩌진 못할 테니까요."

"사대대공들이 나서면?"

"예?"

장유는 갑작스런 천잔수의 반문에 해쓱해졌다.

"적 장문인이 아무리 대단한 성취를 이뤘다고 해도 아직은 사대대공을 상대할 정도는 아니야. 아무래도 느낌이 안 좋아, 느낌이."

"……."

장유는 다시 한마디 건네려다 입을 다물고 말았다.

천잔수의 지나친 기우일 수 있지만 만약 사실이 된다면 하오문 등 세 곳에는 재앙이기 때문이다.

* * *

카카캉!

병장기 부딪치는 소리가 검각을 두르고 있는 석벽을 타고 위쪽으로 올라갔다.

"도대체… 저 괴물이 어떻게 들어온 거지?"

검각의 어린 여인들에게 검을 가르치는 십이화 중 난(蘭)이 황당한 눈으로 연무장을 쳐다보고 있었다.

"갑자기… 정말로 갑자기 벽을 뚫고 나타났습니다!"

정문을 지키던 여인들은 얼굴이 하얗게 질려 어쩔 줄을 몰랐다. 위험신호를 보내는 그 짧은 시간 동안 괴물이 죽인 여인의 수는 무려 삼십여 명에 가까웠다.

난은 괴물을 살폈다.

포악한 괴물의 눈을 통해 붉은 안광이 쉴 새 없이 쏟아졌다.

쳉쳉—

괴물을 공격한 여인들의 검이 괴물의 몸에 맞고 튕겨졌다.

열여덟 명이 한 조로 구성된 섬예화는 개개인이 모두 검사의 경지에 오른 고수들이었다. 그런 섬예화의 검을 괴물은 신경도 쓰지 않고 맞기만 했다.

"너희들 잘못이 아니다. 저런 괴물이라면 나도 막기 힘드니… 피해, 섬예화!"

싸움을 지켜보던 난이 크게 소리치며 벽을 박찼다.

쾅!

괴물의 발 구름 한 번에 땅이 출렁거리며 열여덟 명을 떨쳐냈다. 이번 공격은 조금은 효과가 있었는지 괴물이 몸을 긁적거렸다.

"괴물, 더 이상 난동을 부리지 못하게 해주마."

난은 자신의 상대가 아니라는 것을 잘 알지만 이대로는 사상자만 늘어난다는 생각에 자신도 모르게 달려들었다.

그때였다.

"난, 물러서라. 네가 상대할 자가 아니다."

위엄있는 여인의 목소리가 난을 제지시키며 대전 안에서 일단의 여인들과 함께 걸어나왔다.

"검후를 뵙습니다!"

난은 날아오른 신형을 재빨리 천근추의 신법으로 떨어뜨리며 호옥청을 향해 무릎을 굽혔다.

"크크. 찾았다."

괴물은 안광을 번득이며 호옥청을 바라봤다. 아니, 호옥청과 함께 걸어나온 여인 중 한 명을 바라봤다.

호옥청의 곁에서 허리까지 늘어뜨린 흑갈색 머릿결을 매 끄럽게 흔들며 검을 한 아름 안고 있는 여인이 있었다. 삼 년 전보다 더욱 성숙한 모습의 당백지였다.

"나를 찾았다고?"

"나는 늙은 계집은 먹지 않는다. 당백지, 너를 찾아왔다. 잊지 않았겠지, 나를. 크크크."

괴물의 듣기 거북한 목소리에 당백지는 한 손으로 앞으로 내려온 머리를 쓸어 넘겼다.

"나를 찾아왔다고?"

"너의 피가 그리워 여기까지 찾아온 나를 모른 척할 테냐?"

괴물이 눈을 부릅뜨며 기세를 뿜어내자 괴물의 주위로 바람이 일어났다.

'피?'

당백지의 눈에 이채가 발해졌다.

한 사람이 기억났다.

"곽일비!"

당백지는 이를 악물며 말했다.

"아는 자더냐?"

듣고 있던 호옥청이 의아한 눈으로 물었다.

"예. 잘 아는 자입니다. 자신의 사문이었던 점창파를 피로 물들게 만든 자이지요. 마중천의 간세예요. 모습이 많이 바뀌었구나, 곽일비."

"모습? 나는 그대로야. 여전히 네 피를 그리워하지. 여긴 신선한 피가 많구나. 흐읍, 아주 좋아. 이제 네 피를 먹을 차례다."

곽일비는 일그러진 입술 사이로 보이는 이를 드러내며 웃었다.

"징그러운 놈."

호옥청은 목소리에 분노를 담아 한 걸음 앞으로 나섰다.

"사부님, 제게 기회를 주세요."

"저놈은 강하다."

"저도 강해졌어요."

"지금은 여유 부릴 때가 아니다, 백지야."

호옥청은 당백지의 고집을 알기에 한숨을 내쉬었다.

곽일비의 마기는 상당히 위협적이었다.

'저자에게 과연 반쪽짜리 검비비화우(劍悱悱花雨)가 통할까?'

호옥청의 눈이 곽일비를 향해 돌아갔다.

슷.

곽일비의 잔영이 그녀의 눈에 들어왔다.

그 짧은 사이에 움직인 것이다.

순간, 월령검이 빛을 토해냈다.

당백지에게 다가가던 곽일비의 신형이 허공에서 두어 번 회전하며 뒤로 물러섰다.

"크크크. 좋아, 좋아. 당신부터 상대해 주지."

곽일비가 입맛을 다시며 호옥청을 향해 돌아섰다.

그때였다.

촤라락.

당백지의 품에 있던 다섯 자루 검이 허공으로 비상하며 곧장 검신과 검집이 분리됐다. 그리고는 땅을 향해 내리꽂혔다.

"강 랑을 대신해 네게 내리는 벌이다."

처음으로 당백지의 목소리에 감정이 담겼다.

검비비화우.

삼 년 전, 화산군웅대회에서 보여준 당백지의 검무를 보고 만들게 됐다. 검각의 최고 초식인 월령교교하와 당가의 만천화우를 접목시켜 양쪽의 장점만을 취한 정교한 검법이었다.

당백지의 손을 떠난 검들이 일제히 곽일비를 향해 쏟아져 내렸다.

비비(悱悱).

마음으로는 알고 있지만 말로 표현하기 힘든 감정이 검으로 화해 내리고 있었다.

콰콰콰콰!

당백지의 살의가 담긴 검들은 악마의 이빨처럼 곽일비를
물었다.

푹.

검들은 곽일비의 몸속으로 한 뼘 이상 들어갔다.

그러나 거기까지였다. 그 이상은 아무리 당백지가 양손을
교차시키며 전력을 다해도 들어가지 않았다.

꾸드등.

곽일비의 몸에서 듣기 싫은 음향이 흘러나왔다. 그 음향은
마치 요철이 서로 얽히며 뒤틀리는 듯한 소리였다.

"크크크."

곽일비는 괴소를 흘리며 당백지가 뿌려낸 검들을 밀어내
기 시작했다.

"이, 이럴 수가……."

"시도는 좋았다. 하나 이런 장난감 따위로는 이 몸을 어쩌
지 못하지. 크크크."

기본적으로 당백지와 곽일비의 내공은 상대가 되질 못했
다. 이를 악물고 버티던 당백지는 곽일비의 눈과 마주치는 순
간 맥이 쫙 풀리며 전신을 쇠몽둥이로 맞은 것처럼 아찔한 표
정을 지으며 뒤로 날아갔다.

투두둑.

곽일비는 당백지의 검을 완전히 밀어내 바닥에 떨어뜨린

후 날아가는 당백지를 향해 몸을 움직이려 했다.

"어딜!"

냉랭한 여인의 목소리.

위쪽이었다.

곽일비의 눈이 위를 올려다보는 순간 호옥청의 월령검이 찬란한 광채와 함께 빛을 뿌렸다. 그대로 움직이면 당백지를 잡을 수는 있지만 그랬다가는 팔이 잘리고 말 것이다.

"젠장!"

곽일비는 어쩔 수 없이 뒤로 물러섰다.

"인간의 내공이 아니군."

호옥청이 당백지를 부축하며 침음을 삼켰다.

"사부님, 저 정도일 줄은… 윽."

당백지는 억지로 몸을 일으켰다.

"백지야, 검비비화우는 남녀가 함께 펼치지 않으면 제 위력의 반도 발휘할 수 없다. 혼자서 저 괴물을 상대하는 것은 무리다."

전신에서 마기를 흘리는 곽일비의 몸이 또다시 변화를 거듭했다. 이마에서 내려온 흉측한 살들이 눈, 코, 입만 남기고 완전히 덮어버렸다.

"너도 온전하진 못한 모양이구나, 괴물."

"이 몸은 온전하다. 오늘, 이곳에 있는 계집들의 피를 모조리 먹어 묵혈음수공을 대성하고 말겠다. 모조리 먹어주마."

곽일비의 오돌토돌한 혓바닥이 징그럽게 튀어나왔다가 들어갔다. 그 모습에 호옥청은 미간을 찌푸리며 월령검을 올렸다.

츠릇.

월령검의 빛은 곽일비가 피할 시간을 주지 않았다.

이 공격이 곽일비를 어쩔 수 있다는 생각은 하지 않았지만 약간의 시간은 벌 수 있었다.

쾅!

곽일비는 양손을 겹쳐 밑에서 올라오는 월령검의 빛을 내리누른 후 그 힘을 역으로 이용해 허공으로 떠올랐다.

"대단하군."

호옥청은 월령검의 빛을 이용해 허공으로 떠오르는 곽일비를 보며 내심 감탄하지 않을 수 없었다.

"겨우 그것뿐이냐?"

곽일비의 조소 어린 목소리가 허공에서 들렸다.

"흥. 검후란 이름을 거저 얻은 줄 아느냐! 월령이 자르지 못할 것은 없다!"

쉭.

호옥청의 양손에 쥐어졌던 월령검이 사라지며 곽일비의 위쪽에서 모습을 드러냈다.

월령교교하.

허공에서 허공에 뜬 곽일비를 공격하는 것은 너무도 쉬웠다. 당백지의 검비비화우와 비슷하게 보이지만 그 위력은 천지 차이였다.

쿠르르—

묵직한 음향이 천둥처럼 장내를 울렸다.

곽일비는 호옥청을 공격하려던 손을 거두며 신형을 거꾸로 뒤집었다.

"크!"

하늘에서 엄청난 빛들이 그를 향해 쏟아졌다.

콰콰콰콰!

곽일비는 떨어지는 빛들을 향해 양손을 마구 휘둘렀다. 월령교교하는 일반적인 검기가 아니었다. 검기들이 서로 뭉쳐 하나의 형태를 만드는 검사였다.

'성공이다!'

월령교교하가 곽일비의 몸을 뚫는 것을 보고 호옥청은 웃을 수 있었다. 하지만 그녀의 웃음은 피어나기도 전에 일그러져야 했다.

월령교교하의 빛과 함께 땅에 처박힌 곽일비가 꿈틀거리며 일어나고 있었기 때문이다.

"이럴 수가……."

호옥청은 황당한 표정이 됐다.

월령교교하가 모두 적중되진 않았어도, 아니, 적어도 서너 개만 맞아도 저럴 수는 없었다.

검비비화우도 안 되고 월령교교하마저 무산됐다.

'저놈의 껍데기는 인간의 것이 아니다. 저걸 뚫기 위해서는 한 가지 방법 외엔 없다.'

아무리 검후라도 월령교교하 같은 초식을 연속해서 사용하는 건 힘들었다. 하지만 지금으로서는 어쩔 수가 없었다.

호옥청의 양손으로 무서운 기운이 집중됐다.

예기가 파란 불꽃처럼 일렁였다.

그러나 곽일비는 호옥청이 뿜어내는 기운이 예사롭지 않다는 것을 알면서도 오히려 앞으로 한 발 나섰다.

"자신이 있다, 이거냐?"

"한 번 사용한 공격은 내게 안 통해."

'지금이다!'

곽일비가 말을 하기 위해 입을 열었을 때 호옥청의 양손에서 빛이 튀어나왔다.

풋.

"어?"

곽일비의 반응은 간결했다.

그러나 그가 입은 상처는 전혀 달랐다.

월령교교하가 한곳에 집중됐을 때의 위력은 검강과 맞먹을 정도의 위력이었다.

곽일비는 고개를 내려 자신의 명치께를 쳐다봤다.

뻥 뚫린 구멍은 엄지와 검지를 둥글게 만들면 나올 수 있는 크기로 뚫려 있었다.

"안 아파."

곽일비의 입에서 나온 말은 장내의 모든 여인들의 귀를 의심하게 만들었다. 뻥 뚫린 배를 하고 있으면서 안 아프다?

"가, 각주님, 저, 저… 피가 나오지 않습니다."

떨리는 목소리로 십이화 중 한 명이 말했다.

여인들이 일제히 돌아봤다.

어이없게도 곽일비의 몸에서는 피 한 방울도 나오지 않았다.

"크크크……."

곽일비의 귀기 어린 목소리가 장내를 메웠다.

여인들은 긴장한 표정으로 호옥청을 쳐다봤다. 하지만 호옥청이라고 곽일비를 상대할 방법이 있을 리 없었다.

'저 괴물이 온 건 나 때문이야. 사부님과 십이화 언니들이 곤란을 겪게 할 수는 없어. 강 랑, 미안해요…….'

당백지는 흩어진 다섯 자루의 검을 끌어당겨 품에 안았다. 그리고는 하늘을 보고 메마른 웃음을 지었다.

'강 랑, 이것이 강 랑이 보고 싶을 때마다 익혔던 검비비화우예요. 삼 년 내내 하루도 빠짐없이 수련했는데…….'

입으로 물기가 스며들어 왔다.

"검비비화우는 남녀 한 쌍이 펼치는 무공으로……."

"백지야, 안 돼!"

호옥청이 기겁을 하며 당백지를 향해 돌아섰다.

당백지가 저 말을 끝내면 어떤 결과가 벌어질지 너무도 잘 아는 까닭이다.

"다섯은 음의 자리를 따라 아래요, 같으면서 다른 다섯은 양의 자리를 따라 위에 선다. 음은 방어를, 양은 공격을. 음과 양의 조화로 펼쳐지는 검비비화우의 완성은……."

당백지의 목소리가 끊어지며 그 뒤를 다섯 개의 검과 다섯 개의 검집이 날아갔다.

"그래, 그래야 먹기 편하지. 크크크."

곽일비는 음흉한 눈빛으로 당백지를 노려보며 혀를 날름 거렸다. 그리고는 자리에서 사라져 석벽 가까이 물러섰다.

"아!"

호옥청은 곽일비의 반응에 안타까운 눈이 됐다.

곽일비는 한 번 받아봤을 뿐인 검비비화우의 단점을 본능적으로 파악한 것이다.

츠르룻.

당백지는 공격을 포기할 생각이 없었다.

어차피 물러선다고 해서 곽일비를 이긴다는 보장은 없었다. 차라리 곽일비의 몸에 구멍이 나 있는 지금이 적기라 여긴 것이다.

전력을 다해서인지 당백지의 손끝이 떨렸다.

검비비화우를 두 번 연속 펼치는 건 처음이기 때문이다.

"크하!"

곽일비가 다가오는 검들을 향해 주먹을 움켜쥐며 기합을 터뜨리자, 직선으로 떨어지던 검들이 흔들렸다.

'틀렸다.'

호옥청은 이미 부딪치기도 전에 승부가 갈린 것을 느끼며 월령검을 들어 올리려 했다.

"각주님, 누가 내려옵니다!"

'누가 내려온다고?'

호옥청은 제자들의 말을 이해할 수 없어 시선을 들어 위쪽을 쳐다봤다. 정말로 누군가가 당백지의 검을 밟으며 내려오고 있었다.

호옥청은 갑자기 몸에 오한이 드는 것을 느꼈다. 이럴 때 들 수 있는 가장 바보 같은 생각이 든 까닭이다.

너무 빨리 움직여서 얼굴은 보이지 않았으나 낯설지 않은 느낌이 들었다.

"백지야……."

"…랑이에요."

목이 메는 목소리로 입을 연 당백지의 시선은 허공을 향해 있었다.

"흐음, 천생연분이 따로 없군."

호옥청은 심드렁하게 대답했다.

당백지의 표정으로 그녀의 예감이 적중했다는 것을 알게 된 까닭이다.

눈이 마주쳤다.

적우강을 보자마자 심술난 표정이 된 저 눈.

넓게 펼쳐 놓은 검과 검집들이 흔들리는 것을 보고 그 위를 걸으며 편안하게 웃어주었다.

그러자 열 개의 검과 검집들이 자리를 바꾸었다.

적우강이 걷기 쉽게 놓였다고 해야 할까?

적우강은 아래쪽을 내려다봤다.

곽일비의 모습이 이전보다 더욱 기괴해져 있었다.

툭.

검집 중 하나를 찼다.

'느낌이 좋다.'

적우강의 발에 닿았다가 떠난 검집은 아래로 내려갈수록

속도가 빨라졌다. 급기야는 눈에 보이지 않을 정도로 빨라져 곽일비를 때렸다.

쾅!

거친 폭음과 함께 검집은 다시 허공으로 떠올랐다.

되돌아오는 검을 보며 적우강의 표정은 의아해지고 말았다. 검집을 찼을 뿐 되돌아오도록 회전을 주거나 하진 않은 까닭이다.

그때, 호옥청의 목소리가 들려왔다.

"이상하게 생각할 것 없네. 그 위에서 백지가 도와주는 대로 움직이면 돼. 검비비화우. 자네와 백지를 위해 만들어진 검법일세."

'아! 그래서……'

적우강은 가슴이 뭉클해지며 당백지를 돌아봤다.

아래쪽에서 당백지가 적우강을 바라보며 울고 있었다. 지난 삼 년은 적우강에게만 힘겨웠던 시간은 아닌 모양이다.

'검비비화우.'

적우강은 검법의 이름을 되뇌며 정교하게 구름처럼 만들어진 검과 검집들을 바라봤다.

당백지가 다급해서 아무렇게나 펼친 것처럼 보였던 동작이 사실은 하나의 검초였던 것이다.

당백지에게 혹시나 무슨 일이라도 일어났으면 어쩌나, 이릴 줄 알았으면 삼 년 전에 차라리 떠나보내지 말 것을!

검각의 석벽을 넘을 때까지 수도 없이 되뇌던 생각이었다. 그런 그의 마음이 사라지지 않도록 하늘이 배려해 준 모양이다.

"곽일비!"

적우강은 검각으로 달려오는 내내 근질거리던 손바닥을 꾹 쥐며 분노에 찬 목소리를 터뜨렸다.

第五章
재회

검각을 두르고 있는 석벽 뒤.

한 사람이 안에서 들려오는 대화에 귀를 기울이며 허공에
떠 있었다. 그 모습은 마치 안의 소리가 모두 들리는 것같이
보였다.

"묵혈마수의 폭주를 가라앉힌 애송이라… 뭔가 재미난 일
이 일어날 것 같은데? 더구나 당백지라는 계집의 기운이 갑자
기 강해졌다."

철립으로 얼굴을 가린 인영은 석벽이 앞을 가로막고 있는
데도 안의 상황을 모두 알고 있었다.

이것이 가능한 이유는 장애물과 상관없이 기의 흐름을 꿰뚫고 있기 때문이다.

그때였다.

"응? 묵혈마수, 어찌 된 게냐."

적우강의 등장으로 안심하던 인영의 목소리가 달라졌다.

좌아악.

그를 향해 무언가 다가오는 소리였다.

인영은 손을 뻗었다.

쿵!

다가오던 물체가 석벽을 들이받았다.

*   *   *

적우강의 입에서 나온 곽일비의 이름은 엄청난 효과를 발휘했다.

곽일비가 갑자기 전신을 격하게 떨며 몸을 웅크리는 것이 아닌가?

백운산에서 적우강에게 느꼈던 공포심이 곽일비의 뇌를 지배한 것이다.

웅크린 곽일비에게 적우강은 일말의 망설임 없이 주먹을 선사하고는 다시 허공으로 올라갔다.

쾅!

신음도 흘리지 못하고 곽일비는 웅크린 자세 그대로 날아가 석벽에 부딪쳤다.

쿵.

"엄청난 공격이다."

월령검에 맞고도 멀쩡하던 곽일비가 적우강의 주먹에 나가떨어지는 광경은 모든 여인들의 시선을 집중시켰다. 특히 호옥청의 놀람은 다른 여인들과 비할 바가 아니었다.

석벽에 부딪친 곽일비는 몸을 꿈틀대긴 했지만 일어서진 못하고 있었다.

"저런 놈에게… 적 소협, 내가 마무리하겠네."

호옥청의 눈빛이 사납게 변하며 월령검을 통해 기운이 뻗쳐 나왔다.

"아니요, 검후께선 그 자리에서 움직이지 마십시오. 곽일비의 죽음을 바라지 않는 사람이 있습니다."

"……?"

호옥청은 알 수 없는 적우강의 말에 사방을 둘러보았다. 곽일비와 적우강을 제외하고는 모두 검각의 제자들뿐이었다. 의아한 눈으로 적우강의 설명을 바랐다.

"더 기다려야 하나?"

적우강은 설명 대신 곽일비를 향해 입을 열었다.

정확히는 곽일비가 부딪친 석벽 뒤쪽이었다.

"누가 있다고 그러는가, 적 소협?"

"각주님, 제자들을 한쪽으로 모아주십시오."

적우강이 이번에도 설명 대신 엉뚱한 말을 했다.

곽일비의 상태는 더 이상 검각을 위협할 소지가 없어 보였
으나 적우강의 말이기에 호옥청은 어쩔 수 없이 손을 흔들어
제자들을 자신의 거처인 대전으로 불러들였다.

검각의 제자들이 모두 대전 주위로 모였을 때였다.

"흐흐흐흐……."

곽일비가 쓰러진 석벽 뒤에서 음산한 웃음이 시작됐다. 검
각의 제자들 중에 내공이 약한 제자들은 몸을 오들오들 떨며
두려운 눈을 하고 있었다.

호옥청은 그녀들에겐 신이나 마찬가지였다. 그런 호옥청
이 곽일비를 어쩌지 못했다. 당연한 반응들이었다.

호옥청은 월령검을 쥐며 제자들의 불안을 잠재우기 위해
석벽을 향해 한 걸음 내디뎠다.

"흐흐흐흐……."

"……!"

또다시 이어진 괴소는 호옥청의 바로 곁에서 들리는 것 같
았다. 호옥청은 제자리에 서서 월령검을 수평으로 뉘었다.

'오른손의 근질거림은… 곽일비가 아니라 저자 때문이었구나. 한데 아직까지 모습을 드러내지 않는 이유는 뭐지?'

적우강은 당백지를 향해 대수롭지 않은 듯 씨익, 웃어주고는 허공에 멈춰 있는 검을 밟으며 내려갔다.

내려선 곳은 괴소가 시작된 석벽 앞이었다.

성큼 한 발을 내디뎌 곽일비에게 다가간 후 한쪽 팔과 다리를 잡았다.

꽈득.

주저없이 곽일비의 한쪽 팔과 다리를 부러뜨렸다.

곽일비는 고통을 느끼지 못하는지 반응이 없었다.

곽일비가 도망가지 못하게 하려는 단순한 의도였다.

그러나 그 행동으로 인해 검각의 제자들은 괴소의 공포에서 어느 정도 벗어날 수 있었다.

괴소의 주인에게는 몹시 자존심 상하는 일이 아닐 수 없었다.

"방금 뭘 한 거냐?"

석벽 위로 모습을 드러낸 인영.

입가에 검은 수염을 멋지게 기른 청아하게 생긴 중년인이었다.

"난 또… 웃음이 무척 거슬려서 뿔 달린 괴물이라도 나타난 줄 알았더니 의외로 정상이군."

적우강은 픽, 웃으며 퉁명스럽게 말했다.

"뿔 달린 괴물? 푸하하!"

중년인은 자신의 눈을 피하기는커녕 아무렇지도 않게 농담까지 던지는 적우강을 보며 크게 웃었다. 그 모습은 중년인이 적우강을 우습게보고 있다는 뜻이었다.

"곽일비를 아시오?"

"알지. 놈 때문에 이곳까지 왔는데 모를 리가 없지."

'곽일비 때문에 왔는데 나를 막지 않았다? 왜지? 기세로 봐서는 충분히 막을 수 있었을 텐데…….'

적우강은 중년인의 좌우를 살폈다.

아무도 없었다.

마치 혼자서도 얼마든지 검각 전체를 상대할 수 있다고 생각하는 것 같았다.

그러나 혼자라면 결코 불리한 것만은 아니었다.

적우강의 이런 생각은 중년인의 눈을 벗어나지 못했다.

'저 애송이, 지금 본 대공을 상대하려고 한다. 몇이나 왔는지 살피는 것이야. 파하!'

중년인은 적우강의 의도가 보이자 즐거워졌다.

그럴 수 있었다. 곽일비를 한 방에 날려 버릴 실력을 가졌다면, 더 강한 상대를 보며 즐거워할 수 있다면 누구나 적우강과 같은 행동을 보였을 것이다.

"후후후. 애송이, 건방은 거기까지다. 이제부턴 네가 할 수 있는 건 아무것도 없다. 잘 들어라. 나는 묵혈마수를 데려가고 너는 이 자리에 남는다. 알겠느냐?"

"전혀."

중년인의 말이 끝나기도 전에 적우강의 고개가 좌우로 흔들렸다.

"화를 자초하겠다는 게냐? 그 정도로 멍청해 보이진 않는데 말이야."

"화를 자초하는 건 당신이지. 내겐 그래야 할 만한 충분한 이유가 있거든."

"후후후. 글쎄, 네 뒤에 있는 여자들은 그렇지 않은 모양인데?"

적우강은 자신도 모르게 뒤를 돌아봤다.

검각의 제자들은 모두 두려운 눈으로 중년인을 보고 있었다. 눈으로 보이는 것보다 안 보고도 느껴지는 두려움을 중년인이 가지고 있는 것이다.

'이자의 마기는 마마대공에 못지않다. 아니, 마마대공을 처음 봤을 때보다 강해지지 않았다면 그 이상이다. 이런 자가 반드시 곽일비를 데려가려는 이유가 뭐지?'

적우강은 직감적으로 중년인이 검각의 제자들에게는 관심이 없다는 것을 깨달았다. 하지만 그 이상의 확신이 없는 이상은 함부로 움직일 수도 없었다.

지금까지 적우강이 상대해 본 고수들 중 단연 최강이라 꼽을 수 있는 사람은 화산백로 화유성이었다.

그러나 이젠 바뀔지도 몰랐다.

그만큼 눈앞의 중년인은 강했다.

적우강의 침묵과 함께 장내에는 숨소리 하나 들리지 않았다.

"주군, 그자는 마중천의 사대대공 중 한 명인 수라대공입니다."

검각의 제자들이 모여 있는 대전 위에서 빈 소매를 흔들며 낭백이 내려섰다.

"수라대공?"

적우강은 낭백의 말이 사실이냐는 눈으로 중년인을 쳐다봤다. 적우강에게 수라대공이란 이름이 생소한 까닭이다.

그러나 이, 삼십 년 전에 활동하던 무인들이라면 마중천의 사대대공 중 가장 먼저 대공의 자리에 오른 수라대공에 대해 잘 알고 있었다.

"낭… 백? 정녕 낭백이냐?"

중년인이 낭백의 이름에 힘을 주었다.

그러자 낭백은 재빨리 소매 속에서 혈염도를 뽑아 자신의 옆에 세웠다.

쾅!

"큭."

낭백은 앉은 자세로 무려 칠팔 장가량 밀려난 후에 신음을 흘렸다.

수라대공이 목소리 하나로 만들어낸 결과였다.

"역시 수라대공."

낭백이 이를 악물며 일어섰다.

"수라대공? 낭백, 삼십 년이 지나도 너와 나는 주종간이란… 가만, 조금 전에 저 애송이에게 주군이라고 불렀느냐?"

"맞다, 저분이 내 주군이시다."

"주군이시다? 큭, 크하하!"

수라대공의 입에서 갑자기 광소가 터져 나왔다.

쩌저적—

석벽이 갈라지며 땅에 균열을 만들었다.

균열은 이내 좌우로 퍼지며 연무장을 향해 일직선으로 뻗어갔다.

'엄청나군. 목소리에 내공을 실은 것만으로 이런 위력을 발휘하다니.'

적우강은 다가오는 균열을 보며 자하검을 바닥에 꽂고서 오른손에 힘을 집중시켰다. 균열은 어느새 바로 앞까지 다가왔다.

쾅!

일직선으로 뻗어오던 균열이 적우강의 앞에서 주춤하더니 이내 좌우로 갈라졌다.

수라대공이 조금만 더 힘을 가했어도 막을 수 있었을지 의문이 들 정도로 강한 힘이었다.

적우강은 수라대공을 어떻게 상대해야 할지 생각하며 고개를 들었다.

"어, 없다!"

수라대공뿐만 아니라 곽일비까지 사라지고 없었다.

"지 매, 여기서 꼼짝 말고 있으시오. 곽일비는 두고 가라, 수라대공!"

적우강은 폭갈을 터뜨리며 허공을 향해 몸을 띄웠다.

"강 랑, 같이 가요!"

당백지는 적우강의 뒤를 따라 신형을 솟구치려 했다.

그러나 그녀를 잡는 손이 있었다.

"백지야, 적 소협이 이곳에 있으라고 하잖느냐."

"안 오면요?"

당백지는 애원하는 눈이 됐다.

호옥청은 당백지의 어깨를 감싸며 고개를 가로저었다.

"그럴 거면 애초에 오질 않았겠지. 믿거라. 네가 선택한 남

자를 믿지 않으면 누굴 믿겠느냐?'

"믿어요."

"그래. 검비비화우, 아주 멋지더구나. 수라대공과 같은 자
가 혼자 왔을 리 없으니 정비를 하고 있어야겠다. 도와주겠느
냐?'

"물론이에요."

당백지는 곧바로 대답한 후 시선을 돌려 적우강이 사라진
방향을 바라봤다.

수라대공은 사람 키보다도 높은 나무들과 바위들을 무시
하며 허공에 뜬 채 포구로 향하고 있었다.

쉬아악—

그의 뒤에는 의식을 잃은 곽일비가 두둥실 떠서 따라오고
있었다.

"마마대공이 동생을 데려왔을 때부터 주시하고 있었지. 역
시나 네게 묵혈음수공을 전하더구나. 왜 그랬을까? 이유를
찾았고 해답을 얻었다. 크크크. 설마 너의 묵혈음수공을 흡수
하려 할 줄이야. 오히려 마마대공답다고 해야 하려나, 응? 크
크크."

수라대공은 곧 흡수하게 될 곽일비의 내공을 생각하며 무
척이나 흡족한 표정을 지었다.

투둑.

나뭇가지가 곽일비의 몸을 스치고 지나간 모양이다.

수라대공은 뒤를 돌아볼 생각은 않고 달리는 속도를 약간 줄였다. 지금과 같은 속도라면 미리 봐둔 포구 근처의 동굴까지 금방 도착할 것 같았다. 해남도에 도착해서 가장 먼저 알아본 곳이었다.

"다 왔다."

수라대공의 입가에 환한 웃음이 걸렸다.

그때였다.

"넌, 누구지?"

"……!"

수라대공의 바로 뒤에서 들려온 목소리였다.

수라대공은 표정이 딱딱하게 굳었으나 속도를 줄이진 않았다.

'정신을 차렸다고? 깨어나는 기척을 전혀 느끼… 혹시 조금 전에 들었던 바람 소리가 놈이 깨어나는 소리였나?'

"이봐, 내 말……."

수라대공은 또다시 들려온 목소리를 향해 돌아섰다.

목소리의 주인은 곽일비였다.

수라대공은 일순간에 곽일비의 전신 혈도를 수라만접수로 짚어버렸다. 하지만 곽일비는 혈도를 짚이고도 뒤로 물러서는 황당한 모습을 보여주었다.

곽일비는 반탄력으로 수라만겁수를 밀어낸 것이다.

뿌드득—

곽일비의 몸에서 뼈마디 맞춰지는 소리가 계속해서 일어
났다. 그러면서 변해가는 곽일비의 골격. 흉측하던 몰골은 사
라지고 훤칠한 곽일비로 돌아왔다.

"당신은… 수라대공? 어? 오늘은 떨리지 않네? 오호, 괜찮
은데?"

곽일비는 뭐가 그리 신기한지 자신의 몸을 마구 매만졌다.
부풀었던 몸으로 인해 찢어지고 뜯어진 옷이 하체의 중요 부
위를 가린 채로 대롱거리고 있었다.

그 모습에 수라대공의 눈이 찢어질 듯 부릅떠졌다.

*   *   *

"주군, 드릴 말씀이 있습니다!"

검각에서부터 줄곧 쫓아온 낭백이 도저히 안 되겠는지 적
우강을 부르며 크게 외쳤다. 하지만 한시가 급한 적우강이 그
말을 들어줄 이유가 없었다.

"이대로는 그를 찾지 못합니다!"

속도를 더 내던 적우강의 신형이 거짓말처럼 제자리에 멈

쳐 섰다.

"그게 무슨 말이냐, 낭백."

"그는 수라대공입니다."

다가온 낭백이 숨을 몰아쉬며 대답했다.

그는 검각을 떠난 지 얼마 되지 않았다는 것을 떠올리며 혀를 내둘렀다. 그동안은 적우강이 전력을 다하지 않은 것이다.

"그런데?"

"흔적을 남길 리가 없습니다. 그는 음공으로 대공의 자리에 오른 자이지만 그전에 한 가지를 더 기억해야 합니다. 바로… 신법입니다."

"신법?"

적우강은 인상을 쓰며 낭백을 돌아봤다.

낭백이 하늘을 향해 손가락 하나를 뻗고 있었다.

"하늘?"

"그렇습니다. 그의 마신비행은 다른 대공들에 비해 몇 배는 뛰어납니다. 대공 중 누구라도 이런 경사진 곳에서는 한 번의 도약으로 원하는 데까지 갈 수 있습니다. 하물며……."

"그를 쫓아갈 수 없다는 건가?"

"떠나는 배를 찾는 편이 빠를 것입니다. 그리고… 그가 저를 죽이고자 마음먹었다면 일초 이상 걸리지 않을 것입니다."

낭백은 주저하며 말했다. 자신의 말이 적우강과 수라대공을 비교하고 있다는 것을 알면서도 어쩔 수 없이 하고 말았다. 그것이 적우강을 위하는 길이라 믿는 까닭이다.

"수라대공이란 자가 곽일비를 죽인다면 그는 내 손에 죽을 거야."

적우강은 낭백의 말을 듣기는 했는지 아무렇지도 않게 대답하며 오른손을 말아 쥐고 깊은 눈으로 허공을 올려다봤다.

낭백은 적우강의 행동이 처음엔 이해가 가질 않아 의아한 표정을 지었으나 이내 서서히 안색을 파르르 떨 수밖에 없었다.

조금 전까지만 해도 낭백이 보기에 적우강은 수라대공의 상대가 아니었다. 분명히 그랬다. 그래서 일부러 적우강을 자극해 싸움을 막으려 한 것이다.

그러나 지금은 전혀 다른 생각이 들었다.

'어쩌면 주군은 내가 생각했던 것보다 훨씬 고수일지도 모른다. 이런 기분은 뭐지?'

낭백의 눈앞에 있는 적우강은 처음 볼 때와 완전히 다른 사람이 되어 있었다.

풍기는 기도 자체가 다르다고 해야 할까?

평상시에 느낄 수 없었던 위압감이 적우강의 전신에서 흘러나오고 있었다.

"오른손에 다시 반응이 오고 있다. 그는 멀지 않은 곳에 있⋯ 응?"

적우강은 오른손을 폈다.

화상이라도 입은 것 같은 손바닥의 상처가 뜨겁게 달궈지고 있었다.

"주군, 무슨 일입니까?"

낭백의 걱정스러운 질문이 끝났을 때였다.

드등—

"⋯⋯!"

"⋯⋯!"

두 사람의 시선이 동시에 서로를 쳐다봤다.

땅의 진동이었다.

"이 정도의 진동을 일으킬 자는⋯⋯."

"수라대공!"

적우강은 진동이 시작된 곳을 찾기 위해 허공으로 솟구쳤다. 그리고는 빠르게 아래쪽을 훑었다.

"저기다. 낭백, 서남쪽으로 와라!"

적우강은 낭백에게 명령을 내리고는 허공에 뜬 상태에서 직각으로 꺾이며 먼지구름이 일어나는 곳으로 몸을 날렸다.

*   *   *

쾅!

먼지구름은 아직도 주위로 퍼지고 있었지만 곽일비와 수라대공이 서 있는 안쪽에는 먼지 하나 없는 공간이 존재했다.

수라대공은 곽일비의 멀쩡한 모습에서 나온 위력을 믿을 수 없다는 듯이 쳐다봤고 곽일비는 그런 수라대공을 흥미롭다는 듯이 한쪽 입꼬리를 말아 올리며 쳐다봤다.

"무슨 짓을 한 거냐?"

"나는 아무 짓도 안 했는걸. 몸이 무겁더라구. 그래서 가벼워지고 싶다고 생각했지. 그랬더니 쓸모없는 것들이 털어지더라고. 히히. 진즉에 이렇게 할 걸 그랬어, 너무 개운해."

곽일비는 가벼워진 자신의 몸을 둘러보며 눈앞에 수라대공이 있다는 사실을 완전히 잊은 것처럼 행동했다.

'묵혈음수공의 부작용으로 인해 미친놈들을 많이 봐왔다. 하지만 저런 식으로 변하는 놈은 본 적이 없다. 어째서 미치지 않는 거지? 아직 저놈의 피는 멀쩡하다는 건가?'

수라대공의 머릿속이 복잡해졌다.

탈태환골이라도 한 것처럼 말끔해진 곽일비의 모습을 보며 죽여야 할지 아니면 힘을 흡수해야 할지 갈등하는 것이다.

망설임은 오래가지 않았다.

눈앞에 그가 있다는 것을 뻔히 보면서 넋 빠진 놈이 제멋대로 지껄이는 것을 용인할 정도로 수라대공은 좋은 사람이 아니었다.

"흐읍, 피 냄새… 좋아……."

곽일비는 검각을 향해 고개를 돌렸다.

'피 냄새를 맡았다고?'

상당한 거리임에도 피 냄새를 맡은 것이다.

곽일비는 몽롱해진 눈으로 몸을 날리려 했다.

"너는 못 간다."

곽일비가 막 몸을 날리려는 순간 수라대공이 고개를 가로저으며 막았다. 하지만 곽일비의 반응은 수라대공을 힐끗 돌아본 것이 전부였다.

다시 신형을 날리고 있었다.

"놈!"

수라대공은 마후를 터뜨렸다.

몸을 날리려던 곽일비는 주춤했고 놀란 표정을 지었다. 마치 수라대공의 능력이 그 정도나 되는 줄 몰랐다는 표정이었다.

곽일비의 반응은 빨랐다. 자신을 향해 다가오는 기운을 감지한 후 몸을 비트는 것과 동시에 양손을 뻗었다.

콰쾅!

"별거 아니네."

마후 공격을 묵혈마수로 깨뜨린 곽일비는 수라대공을 향해 고개를 돌렸다. 하지만 수라대공의 모습은 어디에도 없었다.

"겨우 그 정도냐?"

"……!"

곽일비는 이채를 발하며 위를 올려다봤다.

어느새 곽일비의 위쪽으로 이동한 수라대공이 뒷짐을 진 채 음산한 미소를 짓고 있었다.

저 웃음, 어디선가 봤던 웃음이다.

곽일비의 멀쩡하던 얼굴이 갑자기 일그러지며 눈에서 붉은 안광을 쏟아내기 시작했다.

그러나 수라대공의 공격이 먼저였다.

거대한 힘이 곽일비를 통째로 찍어 눌렀다.

쾅!

곽일비는 핏대를 세워 수라대공의 힘에 대항했으나 역부족이었다.

"묵혈음수공 구성? 시간이 지날수록 힘이 약해지는 건가? 역시 각성이 아니라 발악이었던 거군."

수라대공은 처음엔 버티는가 싶더니 좀 더 힘을 가하자 땅으로 처박힌 곽일비를 보며 실망 어린 목소리를 냈다.

꾸— 웅.

곽일비가 떨어진 주위 일대에 엄청난 균열이 퍼졌다.

"적… 우… 강……."

"적우강?"

"네… 놈이… 또!"

팡!

곽일비는 진기를 끌어올려 등 전체를 바닥과 충돌시킨 후 그 반탄력을 이용해 수라대공을 공격해 갔다.

픽, 수라대공은 웃었다.

묵혈음수공을 대성했어도 곽일비는 그의 상대가 아니었다.

'놈의 몸에서는 더 이상 묵혈음수공이 성장하지 못한다. 결국 헛걸음을 한 셈인가?

멀쩡해진 곽일비의 몸에서는 더 이상 흡수할 힘 따위는 존재하지 않았다. 검각에서 느낄 때는 있었던 묵혈음수공의 정화가 흩어진 것이다.

수라대공은 곽일비가 다가오도록 내버려 두다가 천천히 손을 들어 올렸다. 그의 손에는 푸른색 옥적(玉笛)이 들려 있었다.

떵!

막을 새도 없이 이마에 꽂힌 충격은 곽일비의 뇌를 통째로 흔들어놓았다.

"으아아악!"

곽일비는 허공에서 양손으로 자신의 머리칼을 쥐어뜯으며 그대로 바닥에 떨어졌다.

"벽옥마적(碧玉魔笛)까지 사용하게 만들었구나."

수라대공이 들고 있는 벽옥마적은 과거 여인의 몸으로 마도천하를 꿈꿨던 벽옥마희의 것으로 음공을 익힌 그와 더할 나위 없이 잘 어울리는 무기였다.

삐리리—

벽옥마적을 입에 대지도 않았는데 어디선가 그윽한 피리 소리가 주위로 몰려왔다. 벽옥마적은 입으로 부는 피리가 아니라 내공으로 소리를 내는 피리였다.

데굴데굴 바닥을 구르던 곽일비의 몸에서 피가 튀기 시작했다.

'차라리 잘됐다. 내가 얻지 못하면 아무도 저 힘을 얻지 못할 테니. 흐흐흐. 마마대공, 아쉽겠구나. 동생이기에 힘을 흡수해도 부작용이 적었을 텐데 말이다.'

수라대공은 벽옥마적을 돌리기 시작했다.

삐이이—

소리가 날카로워졌다.

눈물, 콧물, 침에 피까지 흘리던 곽일비의 몸에서 기음이 흘러나왔다.

투두둑.

곽일비의 전신 뼈가 어긋나며 몸의 앞뒤가 구분되지 않을 정도로 풀어져 버렸고 바닥에는 균열들 사이를 채운 피로 인해 기괴한 형태의 붉은 문양이 새겨졌다.

"좋은 소리와 문양이다. 마마대공이 저걸 봤어야 하는데 말이지. 응?"

수라대공의 혼잣말이 끝나는 순간 좌측 허공으로부터 강렬한 기운이 다가오는 것을 느끼고 돌아봤다.

"멈춰!"

검각에서 봤던 적우강이 악을 쓰며 날아오고 있었다.

수라대공은 가볍게 웃어주고는 신형을 돌려세웠다.

그때였다.

"으아아아아!"

적우강의 입에서 비명과 같은 소리가 터져 나왔다.

피 흘리며 널브러져 있는 곽일비를 발견하는 순간 터져 나온 소리였다.

곽일비는 이런 곳에서 죽으면 안 된다. 놈 때문에 목숨을 잃은 점창파의 수많은 영혼들은 어쩌라고 저렇게 편하게 죽음을 맞이한단 말인가?

적우강은 곽일비를 노려보다 서서히 고개를 들었다.

적우강의 악을 쓰는 소리 때문에 멈춰 섰던 수라대공의 눈에 이채가 떠올랐다.

"애송이, 죽고 싶지 않으면 그냥 가라."

"당신… 곽일비를… 용서 못해."

수라대공은 적우강의 악에 받친 모습을 보며 낮게 코웃음 쳤다. 그리고는 벽옥마적을 슬쩍 흔들었다.

삐이이—

"응?"

벽옥마적이 울었는데도 적우강은 노려보고만 있을 뿐 아무런 행동도 보이지 않았다. 당연히 머리를 쥐어뜯으며 땅으로 떨어졌어야 하는데 멀쩡했다. 아니, 멀쩡해 보였다.

"각오해."

적우강은 아직도 기억하고 있었다.

가대건이 망연자실한 표정으로 점창파의 멸문을 알려주던 그때를. 금빛 노리개만 남기고 사라진 서벽풍을. 시체를 묻어 줘야 했던 홍만과 여불범을.

곽일비를 다른 자의 손에 죽게 할 수는 없었다.

그것만큼은 용납할 수 없었다.

"지금부터 당신은 곽일비를 죽인 것이 얼마나 큰 실수인지 알게 될 거야."

적우강의 으르렁거리는 목소리에 담긴 섬뜩한 기운이 전

해졌을까?

"이건……."

수라대공은 놀란 눈으로 고개를 갸웃거리며 적우강을 쳐다봤다.

벽옥마적의 소리에 영향을 받지 않는 경우는 두 가지뿐이다. 수라대공과 같은 무공을 익혔거나 아니면 같은 내공을 익힌 경우.

그러나 적우강은 어느 쪽에도 속하지 않았다. 이런 경우라면 한 가지를 더 추측할 수 있었다. 바로 누군가에게 묵혈음수공을 전수받은 경우이다.

여러 가지 생각이 수라대공의 호기심을 자극했다.

"묵혈음수공을 익혔느냐?"

수라대공은 떠보듯이 물었다.

"그런 것 모른다."

"모른다고? 하면 왜 네 몸에서 묵혈음수공의 기운이 느껴지는 거지?"

"묵혈음수공 따위 나는 모른다."

적우강의 말에는 거짓이 느껴지지 않았다.

귀찮기는 해도 직접 공격을 받아보는 것 외에는 다른 방법이 없었다.

'이런 놈이 있었나? 그러고 보니 검각에서 나를 보고도 별

로 놀라지 않은 것 같기도 하군. 더구나 벽옥마적의 소리에도 별 반응이 없고. 웅? 이건……'

적우강이 더 가까이 다가오자 수라대공의 눈이 커졌다.

냄새에도 종류가 있다. 후각으로 맡을 수 있는 실체가 존재하는 냄새와 본능으로 느낄 수 있는 무형의 냄새.

지금 무서운 속도로 다가오는 적우강의 전신에서 익숙한 냄새가 났다. 그에게도 있었고 곽일비에게서도 있었던 그 냄새였다.

'묵혈… 음수공?'

수라대공은 어느새 삼 장 안까지 파고든 적우강의 자색광망을 급히 벽옥마적으로 때렸다.

쾅!

"웅?"

수라대공의 입에서 짜증스런 목소리가 튀어나왔다.

벽옥마적과 부딪친 적우강의 자색광망에서 생각지도 못한 반탄력이 느껴졌기 때문이다.

'이 애송이, 묵혈음수공을 익히지 않은 건가? 하면 어째서 묵혈음수공을 익혀야만 나는 냄새가 난 거지?'

적우강이 묵혈음수공을 익혔다면 그의 벽옥마적을 퉁겨낼 리가 없었다. 하지만 수라대공의 의문은 더 이상 이어지질 않았다.

튕겨 나갔던 적우강이 허공을 선회하면서 되돌아왔다.

허공에서 방향을 바꿨는데도 속도는 더 빨라졌고 자하검의 자색광망도 더 길어졌다.

그 광경에 수라대공은 인상을 썼다.

백운산에서 적우강이 곽일비를 상대할 때 사용했던, 혁련궁이 검강이라며 깜짝 놀랐던 그 빛이었다.

그러나 수라대공이 인상을 쓴 이유는 다른 것에 있었다. 다가오는 적우강에게서 느껴지는 기운이 마기가 아닌 까닭이다.

"이건 현… 기? 조금 전까지만 해도 묵혈음수공의 냄새를 풍기던 놈이 이 무슨……."

수라대공은 말을 하다 말고 벽옥마적을 돌리기 시작했다.

삐— 삐— 삐—

벽옥마적이 짧고 간결한 음향을 반복해서 뿌려댔다.

수라대공의 표정은 진지했다.

"마기가 느껴질 때보다 현기가 느껴질 때가 강하다? 도대체 네놈의 정체는 뭐지?"

마후에 실어 한 말이기에 적우강이 듣지 못했을 리가 없었지만 동요하는 기색은 없었다.

자색광망에 휩싸여 일직선으로 날아오는 적우강의 모습은

수라대공이 봐도 멋진 광경이었다.

"벽옥마벽후까지 사용하게 만들다니 대단한 애송이군. 하나 그걸로는 벽옥마벽후를 뚫지 못한다. 진짜 검강이라면 몰라도."

수라대공은 잔인한 미소를 입가에 머금었다.

벽옥마벽후는 마중천의 대공 정도의 신분이 묵혈음수공을 대성해야만 펼칠 수 있는 몇 가지 무공 중 하나였다.

적우강의 저 자색광망은 엄청난 진기가 응축되어 있기는 하지만 그것뿐이었다. 응축된 기운으로는 강기무공을 뚫을 수 없었다.

마기와 현기를 동시에 지니고 있는 적우강.

수라대공의 상식을 벗어난 자들의 길은 한 가지로 정해져 있었다.

죽음.

수라대공의 손에 들린 벽옥마적이 푸른 빛을 발했다.

바웅—

주위 공간이 일그러질 정도로 강한 기세가 사방으로 퍼졌다.

쩌르르.

'오른손이 찢어질 것 같다.'

수라대공이 퍼뜨린 기세가 적우강의 자색광망에 닿자 오

른 손바닥의 상처가 찢어질 듯 욱신거려 왔다. 이 상태로 수라대공과 부딪친다면 결과는 어렵지 않게 예상할 수 있었다.

적우강의 오른손은 찢어질 것이다.

'버텨야 해. 내 손으로 죽였어야 하는 곽일비를 저자가 죽였다. 용서 못해. 오른손이 찢어지더라도 반드시 응징한다!'

곽일비는 자색광망을 보고 겁을 먹었으나 지금은 그 반대의 경우가 됐다. 더 강한 힘이 필요했다. 저 수라대공의 미소를 일그러뜨릴 강한 힘이 필요했다.

단전으로부터 뜨거운 무언가가 오른손을 향해 치닫자 곧바로 차가운 기운이 뒤따랐다.

적우강의 의지에 따라 몸속의 현천진기와 마기가 격렬하게 부딪치고 있었다.

그 과정이 반복되면서 자하검을 감싼 빛이 짙은 자색에서 연한 분홍빛으로 바뀌며 길이도 오히려 줄어들었다.

"진짜 검강이라도 펼칠 셈이냐?"

수라대공은 겉으로는 코웃음 쳤지만 자하검의 변화에는 눈을 떼지 않았다. 자색에서 연한 분홍빛으로 바뀌는 광경은 충분히 흥미로웠다.

'저 애송이의 손에 마기와 현기가 어우러지고 있다. 저것이 가능한가? 정말 보면 볼수록 신기한 놈이다. 지금 죽이기는 아까워.'

수라대공은 적우강을 죽이려던 생각을 보류했다.

벽옥마벽후에 실었던 힘을 일성가량 거두었다.

그러자 벽옥마적이 회전하며 만든 가상의 피리들에서 나오는 소리가 줄어들며 한곳으로 모였다.

적우강은 본능적으로 수라대공의 앞으로 힘이 몰리는 것을 느꼈으나 얇고 옅어진 자하검을 믿고서 그대로 충돌했다.

쾅!

"헛!"

헛바람 삼키는 소리가 수라대공의 입에서 터졌다.

당혹스러운 일이 벌어진 것이다.

멀리서 볼 때는 그저 둥근 진기 덩어리에 불과했던 자하검이 막상 벽옥마벽후와 부딪치자 엄청난 힘을 쏟아내며 파고든 까닭이다.

꾸드드드ㅡ!

벽옥마벽후를 흔들어대는 진동이 엄청났다.

이를 악물고 노려보는 적우강의 눈과 당황한 수라대공의 눈이 마주쳤다.

"……!"

"으으으!"

두 사람은 한동안 대치상태를 이루었다. 아니, 적우강의 연

분홍빛이 조금씩 물러나고 있었다.

'이대로는 안 된다.'

적우강의 전력이 담긴 공격을 받아낸 수라대공은 너무도
멀쩡했다.

더 강한 공격이 필요했다.

이제 선택은 한 가지뿐이었다.

적우강의 몸속에서 격렬한 폭발을 일으키고 있는 현천진
기와 마기 중 한 가지를 선택해 집중하는 것.

수라대공을 노려보던 적우강의 눈빛이 가라앉았다.

'저놈… 또 무슨 짓을 하려는 거지?'

수라대공은 간격을 두고 벽옥마적을 통해 들어오는 적우
강의 힘을 가늠하고 있었다.

검강이 아니면 뚫을 수 없다고 자신했던 벽옥마벽후였다.
물론 내공을 일성 가까이 거두었다. 하지만 그것으로 벽옥마
벽후가 뚫렸을 때를 걱정해야 할 일은 일어나선 안 되는 것이
다.

그러나 수라대공은 걱정이 됐다.

만약의 경우를 대비해 무언가 준비하지 않으면 벽옥마벽
후가 뚫릴 것 같은 것이다.

지켜보고자 했던 마음은 이미 사라진 후였다.

스스슷.

벽옥마적에서 뿌연 연기가 빠져나오며 벽옥마벽후로 만들어진 벽에 붙었다. 투명하던 벽이 백색으로 변하며 수라대공의 모습이 적우강의 시야에서 사라졌다.

눈에 보이는 적을 상대하는 것과 보이지 않는 적을 상대하는 것에는 어마어마한 차이가 있었다.

"……!"

적우강은 눈을 크게 치떴다.

수라대공의 모습이 뿌옇게 변하다가 안 보이더니 벽옥마벽후로 만든 무형의 벽이 서서히 자하검을 밀어내기 시작했다.

거대한 강기벽에 가려져 수라대공의 기운을 느낄 수도 없었다.

이런 상황에서 설상가상으로 뾰족한 여인의 목소리가 들려왔다.

"강 랑!"

"……!"

검각에 있어야 할 당백지의 목소리였다.

눈앞에는 당장 막아야 할 강기벽이 다가오고 귀로는 이곳에 있어서는 안 되는 여인의 목소리가 들리자 적우강의 눈이 뒤집히고 말았다.

"으아아아!"

불끈, 일어난 힘줄을 타고 단전의 기운이 빠르게 오른손으로 집중됐다.

백지 위에 그리는 붉은 선.

적우강의 전신이 붉은색으로 변한 것은 순식간이었다.

第六章
천마검의 주인

엄청난 굉음이 연속적으로 들리고 미미하지만 진동까지 느껴지는 싸움으로 인해 당백지는 이곳에 올 수밖에 없었다.

그녀의 눈에 제일 먼저 들어온 것은 죽은 곽일비의 시체였다. 적우강의 저 화난 표정을 보고 알 수 있었다. 곽일비를 수라대공이 죽인 것이다.

조마조마하긴 하지만 밀리지 않는 적우강의 당당한 신위는 그녀의 가슴을 뛰게 만들었다. 품에 안고 있는 다섯 자루의 검이 적우강이라도 되는 것처럼 꼭 끌어안았다.

수라대공이 희미해지며 적우강이 밀리는 광경을 볼 때까

지만 해도 입술을 꼭 깨물며 지켜봤다. 하지만 그가 적우강을 밀어내면서 신형을 이동시키는 것을 본 순간 가만히 있을 수 없었다.

"강 랑!"

당백지는 적우강의 멈칫하는 동작으로 자신의 목소리를 들었다는 것을 느꼈다.

입술을 단단히 굳히고 허공으로 떠올랐다.

품에 안겨 있던 다섯 자루의 검을 허공을 향해 뿌렸다. 정확히는 적우강의 시야에서 사라졌던 수라대공을 향해서였다.

츠— 츠츠츠—

검과 검집은 분리되는 순간 열 자루의 검과 마찬가지로 날카롭게 변하며 악마의 이빨로 화해 수라대공을 물으려 했다.

"계집……."

수라대공은 당백지를 보며 표정을 일그러뜨렸다.

이대로 손만 휘저으면 죽일 수 있었다. 하지만 그랬다가는 적우강을 상대하느라 분산시킨 벽옥마벽후가 흐트러질 수 있었다.

벽옥마벽후를 유지하면서 신형을 분리시키기 위해서는 거의 벽옥마벽후를 두 번 펼치는 것과 맞먹는 진기가 필요했다.

그것을 당백지가 지금 방해하려 하고 있었다.

'어쩔 수 없지. 둘을 한꺼번에 죽이는 수밖에.'

수라대공은 발아래로 보이는 적우강을 아쉬운 눈으로 보고는 양손을 들어 올렸다.

벽옥마적은 벽옥마벽후를 유지시켜야 하기에 빈손이었다. 하지만 그에겐 마후가 있었다. 적우강과 당백지를 동시에 죽이려면 예상보다 많은 힘을 소비해야 할 것 같았다.

"웅?"

막 마후를 터뜨리려던 수라대공의 시선이 아래를 향했다. 적우강을 밀어내던 벽옥마벽후가 멈추었다.

"이놈이……."

그의 예상대로라면 적우강은 벽옥마벽후에 튕겨 나가거나 원하는 위치까지 밀려야 했다. 하지만 적우강은 이번에도 그의 뜻대로 따라주지 않았다.

그때였다.

콱!

당백지의 검비비화우가 수라대공의 전신을 덮어버렸다.

"됐다."

당백지는 검비비화우가 수라대공을 먹어버리자 얼떨떨한 눈이 되고 말았다. 실패할 줄 알았다. 그저 적우강에게 약간의 시간을 벌어주고 싶었을 뿐이었다.

그러나 그녀의 기쁨은 오래가지 않았다.

"강 랑……."

시선을 아래쪽으로 내리던 그녀의 눈에 여전히 적우강이 무형의 벽과 싸우는 모습이 보인 것이다.

그녀의 검비비화우에 먹혔다면 저럴 리가 없었다.

"계집, 잘도 그런 짓을 했겠다."

"……!"

당백지의 동공이 확장됐다.

검각에서 석벽 위로 떠오르던 그 목소리였다.

당백지는 뒤를 돌아보는 대신 허공에 떠 있는 적우강이 위를 올려다보길 간절히 바랐다. 적우강의 위에는 아직 진기를 거두지 않은 다섯 자루의 검과 검집이 허공에 뜬 상태였다.

"가라, 계집… 응?"

쉬아악.

수라대공은 손만 뻗으면 당백지를 죽일 수 있었지만 울퉁불퉁한 도의 형태를 한 빛무리의 속도가 너무 빨랐다.

"낭백!"

"주모님한테서 떨어져라, 수라대공!"

외팔 소매를 펄럭이며 낭백의 호통이 혈염도에 이어 날아왔다. 필사적인 눈을 봐서 동귀어진이라도 하려는 것 같았다.

"제길……."

수라대공은 슬쩍 뒤로 물러서며 혈염도를 피하려 했다. 하지만 낭백도 보통 고수는 아니었다.

"어림없다. 내 피를 모두 태워서라도 주모님을 살리겠다. 혈주자염!"

피를 태워 진기를 만들어내는 혈염도 삼초식 혈주자염이 낭백의 빈 소매를 빠져나왔다.

와우왕왕.

기묘한 소리가 혈주자염의 환영들이 퍼지면서 일어났다.

'허! 놀랍구나. 낭백, 저 늙은이가 정말로 혈염도 삼초식을 완성했구나! 귀찮게 됐군.'

수라대공은 혈주자염이 내는 소리를 들으며 인상을 찌푸렸다. 혈염도 삼초식은 낭백이 사라지면서 절전된 몇 안 되는 마중천 상위마공 중 하나였다.

그러나 낭백이 아무리 혈염도를 대성했다고 해도 수라대공의 상대는 아니었다. 수라대공의 시선이 적우강을 향했다. 혹여 낭백을 처리하는 동안 적우강이 끼어들 수도 있으니까.

적우강은 낭백에게 신경 쓸 여유가 없어 보였다.

"아쉽지만 죽어야겠다, 낭백."

수라대공의 입이 오므려지며 휘파람을 부는 시늉을 했다.

삐이이이―!

마후가 그의 입을 통해 한곳으로 집중됐다.

수라대공은 목소리에 마후를 싣는 것만으로도 몇백 명을

죽일 수 있었다. 그런 내공이 낭백 한 명에게 집중된 것이다.

푸콰콰콰콰—!

낭백의 혈주자염이 어이없을 정도로 쉽게 무너지고 있었다. 혈주자염이 만들어낸 환영이 먼지처럼 사라지며 수라대공의 마후가 곧장 낭백의 귀에 꽂혔다.

"끄아아악!"

"낭 대협!"

당백지는 낭백이 떨어지는 모습을 보며 속이 탔다.

그녀를 향해 '주모'라고 불러준 사람을 저대로 죽게 할 수는 없었다.

그러나 검비비화우를 펼치고 있는 상황에서 그를 구할 방법은 많지 않았다. 양손을 내리는 순간 적우강을 도울 방법이 완전히 사라지기 때문이다.

'어쩔 수 없다.'

당백지는 허공에 떠 있는 검과 검집 중 네 개를 땅으로 떨어뜨렸다. 낭백보다 먼저 땅에 떨어진 검과 검집이 요란하게 진동을 일으켰다.

'늦지 않아야 해.'

당백지는 땅으로 떨어지는 낭백을 안타까운 눈으로 바라보며 입술을 깨물었다.

푹.

요란한 진동을 일으켰던 검과 검집이 낭백이 바닥에 떨어져도 괜찮을 정도의 완충 역할을 해준 것이다.

낭백은 다행히 땅속으로 파묻혔다.

땅에서 무슨 일이 일어나는지 적우강은 전혀 알지 못했다. 머릿속에 오직 한 가지 생각뿐이기 때문이다.

눈앞의 벽을 밀어내야 당백지를 구할 수 있다!

일념은 무한이다.

정신을 집중하자, 그럼 못 이룰 일은 없다.

쾅!

자하검의 붉은 검신과 강기벽이 부딪치면서 놀라운 현상이 일어났다. 밀리던 적우강의 신형이 멈추고 제자리를 지키고 있었다.

"으아아아아!"

적우강은 다시 한 번 고함을 터뜨렸다.

더 강한 힘이 필요했다.

쾅! 쾅!

밀리지 않는 정도가 아니라 가로막고 있는 저 벽을 깨뜨릴 힘이 필요했다.

붉은 검신은 몇 번이고 벽옥마벽후를 때리며 조금씩 앞으로 움직여 갔다.

그 작은 변화의 결과는 엉뚱한 곳에서 일어났다.

"계집… 헛!"

수라대공의 입에서 상반된 두 가지 소리가 튀어나왔다. 당백지 때문에 낭백이 무사한 것과 허공에서 적우강을 막고 있는 벽옥마벽후로부터 전해지는 힘 때문이었다.

쉬악.

수라대공에겐 더 이상 당백지와 상대할 시간이 없었다. 곧장 허공으로 솟구쳤다.

"강 랑, 뒤를 봐요!"

당백지는 수라대공의 다급한 모습을 보며 소리쳤다.

수라대공이 움직일 일은 적우강을 공격하는 것 외엔 없다는 생각 때문이다.

"큭."

수라대공은 벽옥마적을 회수하러 움직였다가 당백지의 외침에 얼굴을 딱딱하게 굳히며 제자리에 섰다.

벽옥마벽후의 공간으로 들어가기 위해서는 적우강을 지나쳐야 하는 까닭이다.

'애송이, 돌아보지 마라!'

수라대공은 속으로 간절히 바랐다.

간절할 수밖에 없는 이유가 있었다.

그는 벽옥마벽후에 내공의 반을 사용하고 있었다.

벽옥마적을 소리로 조종할 수 있기에 따로 움직였건만 예측하지 못한 변수들 때문에 곤란한 상황이 된 것이다.

이런 상황을 적우강이 눈치 챈다면 곤란했다.

"이런……."

적우강의 시선이 수라대공을 향해 돌아서고 있었다.

붉게 충혈된 눈과 자하검을 오른손에 쥔 채 몸을 열고 돌아보는 적우강의 행동에는 다급함이란 찾아볼 수 없었다.

'이건 또 뭐냐! 현기에서 다시 마기로 바뀌었다고? 이놈, 정말 위험한 놈이다.'

보는 것만으로도 확연히 느낄 수 있는 적우강의 변화에 수라대공은 긴장한 표정이 됐다.

마기와 현기를 저런 식으로 사용하는 놈은 그의 평생, 아니 강호 사상 유래를 찾아보기 힘들 것이다.

'더 보여줄 능력이 남아 있었느냐?'

수라대공은 자신에게 닥친 상황이 기가 찼지만 그러면서도 호기심 어린 눈으로 적우강의 오른손을 주시하는 것도 잊지 않았다.

스륵.

수라대공의 귀로 적우강의 눈동자가 움직이는 소리가 들리는 것 같았다.

'저 계집의 목소리를 들었구나.'

어쩔 수 없이 낭백에게 사용했던 마후를 다시 한 번 써야 할 것 같았다. 이미 한 번 사용한 후라 적우강을 죽인다는 확신은 하지 못했다. 하지만 시간을 벌 수 있으면 그것으로 충분했다.

막 적우강을 향해 마후를 터뜨리려는 순간.

쩍!

'......?'

무언가 균열 가는 소리가 들렸다.

수라대공은 소리의 정체를 확인하기도 전에 급히 입을 오므려 마후를 쏘아냈다.

삐이이이ㅡ!

온다!

적우강은 본능적으로 왼쪽을 돌아봤다.

살기가 느껴지는 방향으로 고개를 돌렸을 뿐이었다.

빠르다!

가로막고 있는 벽을 깨뜨리고 당백지를 구해야 하는데 그것을 방해하려는 힘이 느껴진 것이다.

자하검을 잡고 있는 오른손을 그대로 두고 무의식적으로 왼손을 들어 올려 그 힘을 막았다.

들썩.

적우강은 왼손을 들어 올린 채 몸을 들썩였다. 하지만 그뿐 다른 반응을 보이진 않았다.

"저, 저런……."

놀람은 엉뚱한 곳에서 터졌다.

수라대공이 손으로 적우강을 가리키며 황당한 표정이 되어 입을 다물지 못했다.

"괴물……."

그의 예상대로라면 적우강의 반쪽이 통째로 날아갔어야 하는데 마후를 막은 적우강은 너무도 멀쩡했다.

쩌저적—

"헉!"

연속해서 세 번째 다른 소리를 내는 수라대공이었다.

균열이 번지는 소리의 근원지가 어딘지 눈으로 보고 몸으로 느낀 까닭이다.

벽옥마벽후가 펼쳐진 곳에서 들린 소리였다.

그러나 수라대공의 시선은 그곳이 아니라 그 반대쪽, 그러니까 적우강의 왼쪽 상반신에 닿아 있었다.

바람이 부는 것도 아닌데 적우강의 옷에서 변화가 일어났다. 아니, 옷이 아니라 적우강의 몸을 감싼 빛의 변화라고 해야 했다.

적우강의 왼손 끝이 백색으로 탈색되기 시작하더니 빠르게 어깨와 상체를 지나 오른쪽으로 번져 갔다.

"헉!"

적우강의 변화를 따라가던 수라대공의 눈이 화등잔만 하게 커졌다. 자하검의 끝에서 경악할 일이 벌어지고 있는 탓이다.

작고 가늘어진 자색광망이 완전히 백색으로 화했을 때 그 끝에서 엄청난 굉음이 터졌다.

콰쾅!

"......!"

수라대공은 자신의 등에서 식은땀이 흐른다는 것을 느끼지 못했다.

그 놀라운 광경에 넋을 잃은 사람은 한 명 더 있었다. 바로 땅에서 낭백을 구하고 적우강을 도울 기회만 기다리고 있던 당백지였다.

"강 랑, 제발......."

당백지는 적우강의 변화가 좋은 쪽이길 간절히 바라며 마른 입술을 바르르 떨었다.

쿠콰콰콰콰콰—!

이내 적우강과 벽옥마벽후 사이에 폭발이 일어났다.

척.

벽옥마벽후를 유지하던 벽옥마적이 뒤쪽으로 빠르게 튕겨
져 나가다 수라대공의 손으로 빨려 들어갔다.

　벽옥마적을 손에 쥔 수라대공은 손실된 내공 정도를 가늠
하며 빠르게 묵혈음수공을 일으켰다.

　'벽옥마적에 실었던 힘 중 오 할을 잃었다. 벽옥마벽후에
너무 많은 힘을 남겨두었어……'

　수라대공은 후회란 것을 모르고 지내왔다.

　후회는 패배자들이나 하는 생각이기 때문이다.

　언제나 승리만 해온 그와는 전혀 어울리지 않는 말이었다.

　그러나 전신을 백광으로 감싼 적우강을 보고 있자니 자꾸
만 기분 나쁜 생각이 떠올랐다.

　싸우기보다 피해야 한다는 생각이 든 것이다.

　'지금이라도 전력을 다한다면 놈을 죽일 수는 있다. 하
나… 내가 왜 그래야 하지? 나와 아무 상관도 없는 놈을 죽기
살기로 싸울 이유가 없잖아. 죽인다고 해도 내게 돌아오는 것
은 아무것도 없어. 마마대공에게 알리는 것이 좋겠다. 동생이
저 괴물의 손에 죽었다면 죽음도 불사할 테니.'

　적우강을 죽이기 위해서는 많은 손해를 감수해야 한다는
건 조금 전의 경험으로 알 수 있었다. 하지만 그렇게 했는데
도 죽이지 못하면 수라대공은 설 곳이 사라질지도 몰랐다.

　"애송이, 벽옥마벽후를 깨다니 놀랍구나. 본 대공으로 하

여금……."

슥.

적우강이 자하검을 들어 올렸다.

움찔.

수라대공은 말을 멈추며 벽옥마적을 앞으로 내밀었다. 반사적인 행동이었으나 그것으로 그가 얼마나 적우강을 신경 쓰게 됐는지 깨달아야 했다.

'묵혈마수의 힘을 흡수해 다른 대공들보다 우위를 점하려 했건만……'

행적을 숨기고 해남도까지 온 것과 곽일비를 쉽게 발견해 검각에서 데리고 나온 것도 좋았다.

어디서부터 잘못됐을까?

수라대공은 눈앞의 생각지도 못한 괴물, 적우강을 상대하느라 전력의 이 할을 잃었다.

"너를 기억하마. 곧 저놈의 형이 너를 찾을 것이다. 마마대공이라고 하지."

"……."

적우강은 수라대공을 바라보고 있기만 할 뿐 아무런 반응도 보이지 않았다.

"너는 해남도에서 나오지 않는 것이 좋을 것이다. 육지에 발을 붙이는 순간부터 지옥이 어떤 건지 뼈저리게 느낄 테니까."

이렇게까지 말을 하는데도 적우강에게선 반응이 없었다. 그것이 수라대공을 더욱 속 타게 만들었다.

"아! 쫓아올 생각은 안 하는 것이 좋다."

수라대공은 애써 과장된 행동으로 손가락 하나를 들어 올리더니 깜빡했다는 듯 벽옥마적을 아래쪽을 향해 슬쩍 휘둘렀다.

삐―!

벽옥마적에서 빠져나온 무형의 음은 이내 공기와 마찰을 일으키며 불꽃을 피웠다.

그사이, 수라대공의 신형은 눈에 보이지 않을 속도로 허공을 유영하며 사라졌다.

그의 의도는 간단했다.

적우강이 낭백을 구하기 위해 움직이는 그 잠깐의 시간이 필요했던 것이다.

쾅!

폭음이 여운을 싣고 수라대공의 귀에 닿았다.

'그럼 그렇지.'

수라대공은 적우강이 낭백을 구하러 움직였다고 믿고 더욱 속력을 냈다.

"……"

당백지는 방금 눈으로 본 광경을 어떻게 해석해야 할지 난감한 눈이 됐다.

수라대공의 공격이 낭백을 향하는 것을 보고 허공에 떠 있는 검과 검집을 회수하려 하는 순간, 전신을 백색으로 감싼 적우강이 나타났다. 나타난 그는 수라대공의 공격을 돌멩이 취급하며 튕겨냈다.

"강 랑… 왜 그러세요?"

당백지는 뭔가 이상함을 느끼고 적우강에게 다가가려 했다. 하지만 적우강은 그녀의 손을 피하듯이 허공으로 둥실 떠올랐다.

"저 눈, 삼 년 전 화산에서 봤던… 그 눈이야……."

당백지는 재빨리 검을 챙겨 가슴에 품고서 뒤를 따랐다.

수라대공은 멀리 자신이 타고 온 배가 보이자 속도를 줄이며 곧장 몸을 실으려 했다.

그때였다.

뒤쪽에서 백색 선이 보이는 것 같더니 그대로 그의 배를 터뜨렸다.

펑!

'놈이다!'

수라대공은 누가 손을 썼는지 보지 않고도 알 수 있었다.

기척도 없이 그의 배를 부술 수 있는 자는 해남도에선 적어도
한 명밖에 없었다.

고개를 돌려 날아오고 있을 적우강을 찾았다. 당연히 하늘
로 이동할 줄 알았기에 아래쪽은 신경도 쓰지 않았다. 하지만
그의 예상은 틀렸다.

쿠르르르—

어이없게도 땅에서 요란한 소리가 들려왔다.

소리를 쫓아 시선을 뒤로 이동하려던 수라대공.

그의 시선이 크게 치떠지며 모래사장 위에 고정됐다.

해변가 근처에 있던 나무들이 모래사장 쪽으로 휘었다가
원래의 형태로 돌아갔다.

적우강은 소리보다 먼저 해변가에 도착한 것이다.

"……."

"……."

두 사람의 시선이 부딪쳤다.

"애, 애송이… 도대체 네놈의 정체는 뭐냐!"

수라대공은 적우강이 펼친 신법을 알아보고 사색이 됐다.
온몸에 돋아나는 소름을 진정시키려 이까지 악물었다.

마기에, 현기에, 이번엔 마신비행까지!

적우강의 모든 것이 그의 상식을 넘어서고 있었다.

"말을 하란 말이다! 네가 어떻게 마신비행을 펼치느냔 말

이다!"

"……."

적우강은 수라대공을 바라보기만 할 뿐 어떤 반응도 보이지 않았다. 아니, 그럴 수가 없다는 것이 맞았다. 듣는 것은 가능하지만 움직이는 것은 백광에 의해 통제된 상황이기 때문이다.

수라대공의 마후를 막았을 때부터였다.

적우강에겐 그 공격을 막을 방법이 없었다.

무의식적으로, 적우강의 신경은 모두 오른쪽의 벽옥마벽후에 닿아 있기에 왼손까지 사용할 엄두를 내지 못하는 상황이었다. 그런 적우강의 왼손을 움직인 아리한 기운이 있었다.

그 기운은 벽옥마벽후를 막고 있는 힘과는 완전 별개의 힘이었다. 적우강조차도 자신의 몸에 그런 힘이 있는 줄 전혀 알지 못했다.

그러나 그 힘이 왼손 끝에서부터 형체를 드러냈을 때, 적우강은 그 백광이 어디선가 본 빛이라는 것을 깨달았다. 바로 적우강이 열 살 때, 청해호에서 관결의 마기를 집어삼켰던 그 백광이었다.

마후를 멀쩡하게 받아낸 백광은 적우강의 전신을 백색으로 뒤덮었다. 백광에 모든 것이 허물어졌다. 적우강의 마기를 순간적으로 삼켜 버렸고 급기야는 벽옥마벽후마저 깨뜨렸다.

수라대공이 자리를 떠나며 낭백에게 가한 공격도 적우강이 구하고 싶어 구한 것이 아니었다. 단순히 수라대공의 기에 반응한 백광이 막은 것뿐이었다.

'열 살 때도 이랬을까?'

적우강은 왜 그때의 기억이 없는지 의구심이 일었다.

다 기억하고 있었다. 수라대공을 상대했던 과정이며 당백지의 등장과 낭백의 위험까지.

그때였다.

적우강의 몸을 지배하고 있던 백광이 자하검을 통해 빠져나갔다. 이전에 보여준 수라대공의 능력을 감안하면 그리 대단한 공격은 아니었다. 적어도 적우강이 느끼기엔 그랬다.

"헉!"

자하검이 백광을 토해내는 순간 수라대공의 안색은 창백하게 질리고 말았다. 백광의 속도가 그의 상상을 초월할 정도로 빨랐기 때문이다.

수라대공은 전력을 다해 벽옥마적을 휘둘렀다.

'뭐지?'

적우강은 수라대공의 반응을 지켜보다 깜짝 놀랐다.

수라대공은 당황한 표정으로 벽옥마적을 휘둘렀다.

하지만 그래서는 백광의 궤도를 벗어날 수가 없었다.

더구나 수라대공이 당황해서인지 모든 동작이 훤히 보일
정도로 느렸다.

쉬— 쉬익.

백광은 수라대공이 휘두른 벽옥마적과 부딪치는 것처럼
날아가다 환영처럼 사라졌다.

퍽.

수라대공의 복부에서 짧고 간결한 소리가 났다.

"큭."

수라대공은 자신의 복부를 보며 눈을 몇 번이고 깜빡거리
다 그대로 바다에 떨어지고 말았다.

'저자가 수라대공이 맞는 건… 아! 전신에 힘이 풀린
다……'

적우강은 핑 도는 현기증을 느끼며 바닥으로 떨어져 내렸
다. 그 와중에도 수라대공을 놓치지 않기 위해 무척이나 노력
했다.

그러나 땅에 떨어지는 순간 의식은 끊어졌다.

쿵!

"강 랑!"

뒤쪽에서 당백지의 음성이 아련하게 들려왔다.

*   *   *

수라대공은 바다에 빠진 순간 백광에 의해 뚫린 몸으로 피가 빠져나가지 못하게 했다. 그리고는 호흡을 멈추고 모공을 닫았다. 아주 약간의 의식만을 남겨둔 채.

망망대해에서 누군가의 손길을 기다리는 것은 무모한 일이지만 굳이 그렇지 않다고 해도 상관은 없었다. 해류를 따라 한 달이고 두 달이고 흐르다 보면 육지에 닿을 것이고 그때쯤이면 상처는 언제나 그랬듯이 사라져 있을 테니까.

그렇게 며칠이 지났는지 몰랐다.

"지독하군. 살릴 수 있을까요?"

서른 초반의 목소리가 수라대공의 의식을 깨웠다.

'살았구나……'

수라대공은 막아놓았던 기를 풀며 몸을 깨웠다.

"내 눈으로 보고도 믿을 수가 없군."

"혈마, 자네의 눈은 틀림없네. 손을 보게. 벽옥마적을 쥐고 있지 않은가. 벽옥마적을 사용하는 사람은 오직 한 사람뿐이네."

'혈마? 내 벽옥마적을 알아보는 혈마는 오직 한 명뿐이다. 이들은 천지쌍마구나. 곤란하다. 장로들이 내가 여기에 왔었다는 것을 알게 되면 좋을 것이 하나도 없다. 어쩔 수 없지. 몸이 회복되는 대로 모두 죽이는 수밖에.'

수라대공의 눈꺼풀이 움직이는 것을 본 모양이다.

천지쌍마가 아닌 다른 목소리가 들려왔다.

"오래돼서 기억할지 모르겠습니다. 형우라고 합니다. 어쩌다 이렇게 되신 겁니까, 수라대공?"

형우의 목소리에 수라대공은 깜짝 놀랐다.

형우를 그가 모를 리 없었다.

'아까부터 천지쌍마도 그렇고 내 몸이 어떻다고 자꾸만 묻는 거지?'

수라대공은 완쾌되어 있을 몸만 생각했지, 그 외의 경우에 대해선 생각도 하지 않고 있었다. 하지만 그의 몸은 심각했다.

뻥 뚫린 복부의 구멍이 썩어 들어가고 있었고 몸은 팅팅 불어 옷을 빡빡하게 조이고 있었다.

"끄륵……."

수라대공은 어느 정도 몸에 감각이 돌아오는지 입을 벌려 뭐라고 말을 하려 했다. 하지만 그의 입에서는 말이 아니라 바닷물과 함께 이물질이 흘러나왔다.

형우는 수라대공의 퉁퉁 불은 목을 올려주었다.

"끄르륵… 나… 륵… 나… 륵……."

입을 벌릴 때마다 악취와 함께 역한 이물질이 계속 흘러나왔다.

"도대체 믿을 수가 없군. 현 강호에 수라대공을 이렇게 만들 수 있는 고수가 있었던가?"

"어륵, 어륵……."

수라대공은 뭔가를 말하려고 하는지 자꾸만 입을 벌렸다.

"수라대공, 무리하면 안 됩니다. 움직일수록 상처가 자꾸만 벌어지니 가만히 계십시오."

형우가 수라대공의 머리를 들어주며 안정시키려고 하자 때마침 수라대공이 눈을 간신히 떴다.

"……."

"……."

살 속에 파묻힌 수라대공의 눈은 기괴하기 이를 데가 없었다. 뭔가를 말하고 싶은 눈치인데 그게 뭔지는 형우로선 알 길이 없었다.

"쌍마께선 어찌 생각하십니까? 수라대공이 우리가 해남도에 들어갔다 나올 때까지 괜찮을 것 같다고 보십니까?"

"컥컥!"

갑자기 수라대공이 몸을 떨며 발광을 하기 시작했다.

세 사람이 해남도로 간다는 말에 적우강의 백광이 떠오른 까닭이다.

"……!"

수라대공의 발광하는 모습에 형우와 천지쌍마는 서로를

마주 보며 심각한 표정을 짓고 말았다.

무혈마제와 혈미륵의 명령으로 곽일비를 죽이기 위해 온 세 사람이지만 수라대공이 죽어가는 것을 모른 척하긴 힘들었다.

"곽일비란 애송이가 살아서 해남도를 나온다면 육지의 포구에서 보겠지."

"그렇지. 일단은 수라대공부터 살리는 것이 순서인 듯하군."

혈마와 광마가 자신들의 뜻을 밝혔다.

형우는 고개를 끄덕였다.

'저 수라대공이 공포에 떨고 있다. 도대체 해남도에서 누굴 만났던 거지? 곽일비가 해남도로 간 것은 분명하다. 한데 수라대공은 왜 아무에게도 알리지 않고 해남도에 간 거지?'

형우의 시선이 멀리 수평선에 닿아 움직이지 않았다.

'이럴 때 왜 삼 년 전의 그 애송이가 떠오르는 거지? 현기와 마기를 함께 지니고 있는 괴물……'

폭풍극을 물들이던 관걸의 수라파천이 다시 떠올랐다. 마중천으로 돌아가 몇 명에게 적우강에 대해 말했으나 아무도 믿지를 않았다.

'그때, 만약 화산백로란 늙은이가 나타나지 않았다면 그 애송이를 죽일 수 있었을까?'

이내 형우의 고개가 가로저어졌다.

한 번은 다시 만나고 싶은 애송이였다.

*   *   *

철퍽— 쏴아아—

적우강의 키 두 배는 될 것 같은 파도가 모래사장에 부딪쳐 하얀 포말을 일으키며 사라졌다. 며칠째 보는 광경인데도 적우강은 그 광경에 눈을 떼지 못했다.

"저렇게 큰 파도가 한순간에 사라지다니……."

혼잣말을 하며 모래사장에 앉아 있던 적우강.

바다에서 밀려올 때는 그토록 거대했던 파도가 모래사장에 닿자마자 수그러드는 광경은 느끼게 하는 바가 많았다.

'그때는 수라대공이 아니라 누구라도 죽일 수 있을 것 같았다. 백광… 도대체 어디에 숨어 있다가 나온 거지?'

수수께끼와 같은 힘이었다.

그때 이후로 아무리 노력해도 백광을 불러낼 순 없었다.

"강 랑, 여기 있었네요?"

뒤쪽에서 상냥한 목소리가 적우강을 불렀다.

적우강이 고개를 돌리자 가죽신을 손에 들고 맨발로 걸어오는 당백지가 보였다.

바닷바람에 머릿결을 흩날리며 걸어오는 당백지의 모습은

바다의 여신이라고 해도 과언이 아닐 정도로 아름다웠다.

"지 매."

적우강은 당백지를 향해 한 손을 흔들어준 후 환하게 웃어주었다.

"낭 대협은 너무 걱정하지 마세요."

"걱정 안 해. 아침에 보니까 곧 회복하겠던걸."

"그럼 표정이 왜 그래요?"

"그냥, 생각할 것이 좀 있어서……."

"……."

당백지는 흑진주 같은 눈동자를 빛내며 적우강을 바라보았다. 그 눈에는 고민이 있으면 함께 하자는 바람이 담겨 있었다.

"별것 아니고. 그날, 지 매는 내가 낭백을 구하고 수라대공을 쫓아갔다고 했는데… 사실은 잘 기억이 안 나. 깨어나 보니 이 근처여서 이곳에 있으면 뭔가 떠오를 것 같아서……."

적우강은 당백지의 눈을 보자 도저히 설명을 안 해줄 수가 없었다. 하나 그런 설명을 당백지가 알아들었을 리가 없었다.

"낭 대협을 죽이려 했던 수라대공의 공격을 강 랑이 날파리 잡듯이 쳐냈잖아요. 또, 백광에 둘러싸여 하늘을 날아갔고요."

"그랬나? 그러고 보니 그자가 마신비행 어쩌고 한 것도 같군."

"마신비행이요?"

"응. 그자가 그러더라고."

'강 랑이 마신비행을? 그건 마중천의 천주만이 펼칠 수 있다는 신법인데……'

당백지는 의구심이 들었으나 적우강을 위해서 다른 얘기를 꺼내기로 했다.

"그건 어렵지 않을 것 같은데요, 강 랑? 그날 강 랑을 감쌌던 백광을 다시 한 번 펼쳐 보면 되잖아요."

"그게… 벌써 며칠째 해보고 있는데 안 되더라구."

적우강은 힘없이 웃으며 고개를 가로저었다.

"방법이 전혀 없는 거예요?"

"한 가지 있기는 해. 검림팔주, 그분들을 만나면 어느 정도 궁금증이 사라질 것도 같아."

"검림팔주요?"

"응. 검림의 고수들이지."

"검림? 그런 사람들도 알고 있어요?"

"지 매가 지난 삼 년간 검비비화우라는 멋진 무공을 완성하는 동안 나도 놀고만 있지는 않았다구. 후후후."

"피! 굳이 그렇게 말하지 않아도 강 랑을 보며 자랑스러워하고 있다고요."

당백지는 배시시 웃으며 바람에 헝클어진 머리를 쓸어 넘기려 했다. 그 모습을 가만히 바라보던 적우강은 조용히 한 손을 들어 대신 쓸어 넘겨주었다.

"지난 삼 년 동안 검비비화우를 익히면서 저는 언제나 강 랑과 함께였어요. 검비비화우는 강 랑과 함께여야만 완벽해 지거든요."

당백지는 쑥스러운지 혀를 살짝 내밀고는 한 손으로 입을 가리며 웃었다.

지난 삼 년 동안 그녀가 얼마나 열심히 검비비화우를 익혔 는지 그 한마디에 모두 담겨 있었다.

왜 이렇게 늦게 왔냐는 원망보다 적우강의 마음을 찌르르 하게 만드는 말이었다.

"지 매는 아름다워. 한데……."

"……."

"지난 삼 년 동안 내가 상상했던 것보다 지금이 훨씬 아름 다워서 어쩔 줄을 모르겠어."

적우강은 당백지의 머리를 쓸어주던 손을 내려 뺨을 어루 만지다 가만히 품으로 당겼다.

서로의 떨리는 심장 소리를 느끼며 그대로 바람과 함께 두 사람의 행동이 멈추었다.

第七章

점창파로 가는 길

운남의 날씨는 검림팔주가 떠날 때와 마찬가지로 습하고 더웠다. 오랫동안 내륙에서 생활하던 검림팔주에게 새벽의 눅눅한 공기는 어색했다.

한참을 앞장서서 달리던 검일이 갑자기 한 손을 뻗으며 아우들에게 멈추라는 신호를 보냈다.

"대형, 무슨……."

"쉿."

검일은 숲을 한 바퀴 둘러보았다.

검림팔주를 감싸는 것은 눅눅한 공기뿐만이 아니었다. 앞으로 늪지 세 군데만 건너면 검림이었다.

"이 나뭇잎은 저절로 떨어진 것이 아니다."

의아하게 바라보는 아우들에게 검일은 늪지를 가리켰다. 색 바랜 나뭇잎들이 늪지를 덮고 있었다.

'나뭇잎도 나뭇잎이지만 숲이 너무 조용해.'

검림을 떠나기 전까지 습지에서 살아온 그였다.

숲에 사는 생물들이 숨을 죽이고 있어야 할 만큼 위험한 존재가 이곳에 있다는 뜻이다.

"왜 그러십… 어? 대형, 가슴이……."

"가슴?"

검일이 자신의 가슴을 내려다보다 눈을 동그랗게 떴다. 적우강과 헤어진 지 한참이 됐는데 천마옥이 빛을 발하고 있었다.

"이게 어찌 된 일이지?"

"어떻게 천마옥이 반응을……."

검이는 물론 나머지 형제들은 이상 현상에 신경을 곤두세우며 주위를 둘러봤다.

그때였다.

검림팔주가 멈춘 곳으로 무언가 떨어졌다.

툭.

바닥에 떨어진 물체를 알아보는 건 너무도 쉬웠다.

비녀였다. 검림주의 머리를 세 갈래로 땋을 때 고정시키던 비녀였다.

검림팔주의 시선이 일제히 위를 향했다.

허공을 밟고 선 채 여덟 사람을 바라보는 은발에 흑색장포를 입은 회색빛 눈동자의 청년, 마신이 검림팔주를 내려다보고 있었다.

"그 비녀를 알아보는군. 그렇다면 너희들도 검림과 관련이 있는 모양이구나?"

청년의 목소리에는 억양이 없었다.

그러나 검일은 청년을 보는 순간 숨이 턱 막히는 것을 느껴야 했다.

"림주님을 어떻게 한 거냐?"

검팔이 이를 악물며 마신에게 물었다.

그러나 마신의 시선은 검일에게 향해 있었다. 정확히는 검일의 가슴을 보고 있다는 것이 옳았다.

붉은 빛이 감도는 검일의 가슴.

'그 여아가 믿고 있던 것이 있었군.'

마신은 검림의 무인들이 마신의 손에 하나씩 죽어가는 데도 끝까지 입을 열지 않았던 여인을 떠올렸다. 아마도 눈앞의 여덟 명을 믿었던 모양이다. 어리석게도.

"네가 갖고 있구나, 그렇지?"

"……!"

검일은 마신의 아무렇지도 않은 한마디에 가슴이 철렁했다. 어처구니없게도 마신이 무슨 말을 할지 알 것 같은 까닭이다.

"이놈! 림주님을 어떻게 했느냔 말이다!"

검팔은 마신을 향해 신형을 날렸다.

그러나 채 일 장도 뜨지 못하고 허공에 멈추고 말았다.

팟.

검팔의 몸이 쩍 갈라지며 몸이 세로로 쪼개진 채로 쓰러졌다.

"……!"

검림팔주는 아무도 입을 열지 못했다.

마신의 수법을 본 사람이 아무도 없었다.

"마, 막내를 감히!"

검이의 눈이 뒤집혔다.

척.

검일이 검이의 팔을 잡으며 고개를 가로저었다.

"대형, 막내가……."

"경거망동하지 마라, 검이."

검일의 목소리가 떨렸다.

검이는 움직이는 순간 죽을 것이다.

검일은 다른 형제들에게도 눈짓으로 경거망동하지 못하게
하고는 앞으로 한 걸음 나섰다.

"무얼 원하는가?"

애써 담담한 목소리를 내려 했으나 그것만은 힘들었다. 형
제들 일곱이 모두 덤빈다고 해도 어쩔 수 있는 상대가 아니었
다.

"너는 좀 낫군. 간단히 말하마. 나는 천마검을 원한다."

'처, 천마검!'

검일의 눈이 찢어져라 부릅떠졌다.

마신은 너무도 태연하게 천마검을 원한다고 말했다.

검일은 바닥에 떨어진 검림주의 비녀를 돌아봤다.

모두 죽은 것이다.

검림주를 비롯한 검림의 모든 형제들이 저 악마에게 죽은
것이다.

대답을 잘해야 했다. 그렇지 않으면 오늘부로 검림은 지상
에서 사라진다. 가슴에 있는 천마옥을 적우강에게 전하기 전
에는 죽을 수 없었다.

"천마검이 뭔지 우린 모른다."

"또 그 소리. 하면, 그건 뭐지?"

마신이 검일의 품을 가리키며 손가락을 까닥거렸다.

"……!"

검일은 깜짝 놀라 손으로 가슴을 가리려 했으나 이미 주머
니는 그의 옷을 뚫고 마신의 손을 향해 날아가고 있었다.

마신의 앞에서 멈춘 주머니가 알아서 열리며 천마옥이 모
습을 드러냈다.

"돌? 돌에서 그런 기운을 풍긴단 말이지?"

마신은 천마옥을 만지작거리며 고개를 갸웃거렸다.

'나를 자극하는 기운이라 기대했건만. 천마검이 아니었
군.'

마신은 실망스러웠다.

검림에서 날아온 보람이 없게 된 것이다.

그를 움직이게 한 검림팔주를 귀찮은 눈으로 쳐다봤다.

"당신은 누구시오?"

검일은 마신이 뿜어내는 존재감에 온몸이 떨리는 걸 간신
히 참으며 물었다.

'누구냐, 도대체 누구기에 가만히 있는 것만으로도 나를
이렇게 긴장시키느냔 말이다!'

천마검에만 반응하도록 되어 있는 천마옥이 반응을 했다.
이것은 마신의 기가 천마옥을 자극했다는 뜻이었다.

이런 경우는 한 가지 외엔 없었다.

"마교일맥……."

들리지 않을 정도의 작은 목소리였으나 마신은 놓치지 않

고 돌아봤다. 마신의 귀찮아하던 눈에 이채가 발해졌다.

검일은 마신이 허공에 떠 있는데도 눈동자가 움직이는 것까지 모두 볼 수 있었다. 그만큼 검일이 마신의 행동에 집중하고 있는 것이다.

그러나 마신이 사라진 것은 보지 못했다.

"역시 너는 뭔가 알고 있구나."

불쑥.

마신이 검일의 눈앞에 나타났다.

"헉!"

검일은 소스라치게 놀라며 뒤로 물러서려 했다.

그때, 그의 얼굴로 바람이 불었다.

스스스—

"……!"

검일은 다시 한 번 놀라고 말았다.

자연현상으로 인해 바람이 분 것이 아닌 까닭이다.

마신이 움직이고 바람이 나중에 도착한 것이다.

'죽음에 이르러서야 알 수 있다는 신법… 마신비행! 역시 이자는 마교와 관련이 있어.'

"천마검은 어디 있느냐?"

"모, 모르오."

검일은 자신도 모르게 목소리를 떨었다.

그러자 마신의 회색빛 눈동자가 빛을 발했다.

핏.

나뭇잎 스치는 소리가 났다.

숲은 조용했고 움직이는 사람은 없었다.

"아직도 기억이 나지 않느냐?"

'아직도?'

"그럼 하나 더."

핏.

'이 소리는 조금 전에 그 소리… 서, 설마!'

검일은 그제야 무언가 이상함을 느끼고 뒤를 돌아봤다. 검이는 긴장한 표정으로 검일을 보고 있었고 나머지 아우들 역시 별다른 반응은 없었다. 아니, 그렇게 보였다. 검사와 검육이 허우적거리며 바닥에 쓰러지기 전까지는.

"네, 넷째… 여섯째!"

검일의 입에서 격한 분노가 터졌다.

"하나 더? 아니면……."

마신의 억양 없는 목소리가 잔인하게 검일의 귀를 파고들었다.

아우들의 죽음을 보고 분노해야 하는데 마신의 목소리를 듣는 순간 그런 감정이 얼마나 무의미한지를 깨달아야 했다.

검일은 자신도 모르게 고개를 가로저었다.

그 순간, 검칠의 허리가 깨끗하게 잘리며 상체와 하체가 분리됐다.

"검칠… 왜……."

검일이 다급하게 마신을 쳐다봤다.

"하나 더?"

마신은 너무도 태연하게 다른 아우를 돌아보려 했다.

"그, 그만!"

바닥에 떨어진 검칠의 눈이 아직도 검일을 바라보고 있었다.

'검칠, 미안하다.'

검일은 분노로 몸은 부들부들 떨리는데 손가락 하나 까딱할 수 없는 자신을 증오했다.

눈앞의 악마는 그런 검일의 반응이 즐거운지 입가에 미소를 지으며 쳐다봤다. 어쩌면… 검일의 몸이 떨리는 것은 분노가 아니라 공포일지도 몰랐다.

"천마검은… 청해에 있소."

"대형!"

검이가 눈을 부릅뜨며 소리쳤다.

마신의 무표정한 회색빛 눈동자가 검일과 검이를 번갈아 쳐다봤다.

검일의 말을 믿는 눈치였다.

"청해? 청해, 어디?"

"정확한 위치는 모르지만 천마검이 그곳에 있는 건 확실하오."

"그래?"

마신은 회색빛 동공을 검일의 눈에 고정시켰다.

대답을 바라는 눈이 아니라 검일의 속을 훤히 들여다보는 눈이었다.

검일은 자신도 모르게 목젖을 울럭거렸다.

눈앞의 마신을 속여야 적우강에게 말해줄 수 있었다.

"관걸 녀석이 찾기는 했던 모양이군."

'과, 관걸 녀석!'

마신의 아무렇지도 않은 한마디는 검일에게 엄청난 충격을 안겨주기에 충분했다.

마신의 입에서 나온 관걸은 마중천주 관걸이었다.

'관걸을 저렇게 부를 수 있는 자가 마도에 있었던가?'

검일의 머릿속이 하얗게 변했다.

툭.

마신은 허공으로 떠오르며 검일의 발밑에 뭔가를 떨어뜨렸다.

"처음부터 그렇게 말하면 될 것을. 청해라……."

마지막 말은 빽빽이 들어찬 숲 위쪽에서 들려왔다.

마신은 사라지고 없었다.

검림팔주를 개미새끼처럼 다루는 자.

관걸을 제자 부르듯 하는 자.

검일은 자신이 겪은 일이 꿈은 아닌지 의심이 들 정도로 혼란스러웠다.

그러나 혼란보다는 일단 적우강을 찾는 것이 급선무였다. 바닥에 떨어진 천마옥을 집어 들고서 아우들을 돌아봤다.

"대형……."

"아우들, 지금부터 내가 하는 말을 잘 들어라. 나는 이 길로 곧장 적 소협을 찾아가 천마옥을 전할 것이다. 저 악마를 상대할 사람은 적 소협밖에 없다."

"함께하겠습니다."

"아니, 아우들은 남아야 한다."

검일이라고 함께 움직이는 것이 싫을 리 없었다. 하지만 만일의 경우 검일이 죽는다면 검림을 지킬 사람이 필요했다.

한 번쯤 검림이 있는 곳을 돌아볼 만도 하건만 검일은 곧장 왔던 길로 몸을 날렸다.

"검팔, 검육, 검사, 검칠… 큭. 우린 아우들의 시체를 수습해서 림으로 돌아간다."

검이는 나머지 형제들에게 명령을 내린 후 시체들을 향해 움직였다. 하나 움직인 사람은 그뿐이었다.

"뭐 하… 어?"

검이의 의지와 무관하게 하늘이 보였다. 이런 현상은 다른 형제들에게도 똑같이 나타났다. '어어' 하는 목소리와 함께 서로의 눈이 마주쳤다.

그리고 각자의 몸이 어떤 상태인지 그제야 깨달았다.

"둘째 형, 모, 몸이……."

"내 몸? 몸이… 어어… 헉!"

푸학!

검이의 목소리를 마지막으로 형제들의 몸에서 피분수가 솟구쳤다.

마신이 떠나기 전에 손을 쓴 것이다.

감각을 무시할 정도로 빠르게 그들의 몸을 자른 것이다.

늪지에 완전한 침묵이 찾아왔다.

스스슷.

시체들 위에 나타난 자는 특이한 생김새를 하고 있었다. 깡마른 몸에 관자놀이 가까이까지 수염이 나 눈이 잘 보이지 않았으며 도토리처럼 생긴 턱을 지니고 있는 자였다.

"큿. 마신께선 너무 조용한 걸 즐기셔. 이따위 것들에게 묵파멸능력(墨破滅能力)을 쓰실 필요가 없다는 말이지. 이런 일은 나, 묘군에게 시키셨으면 간단했을 것을. 그나저나 마신의 묵파멸능력은 다시 봐도 소름 끼친단 말이지. 큿. 움직이지 않았으면 괜찮았겠지만 그럴 수 있는 사람이 나 외에 또 있겠냐구. 크쿵. 쿵."

묘군은 코를 벌름거리며 머리를 마구 흔들었다. 그 모습은 마치 즐거워 어쩔 줄 모르는 사람처럼 보였다.

"묵파멸능력을 피하는 방법을 아는 사람은 나뿐이지. 나는 예민하단 말이지. 먼지 하나에도 반응할 수 있단 말이지. 물론, 묵파멸능력이 펼쳐지기 전에 피할 수 있다면 더할 나위 없지만. 쿵. 그런 인간은 존재하지 않는단 말이지. 그래서 나만이 마신의 묵파멸능력을 피할 수 있단 뜻이지. 크쿵."

묘군은 마신이 천마옥을 떨어뜨리며 묵파멸능력을 펼친 것을 알고 있었다. 검일을 제외시킨 것에는 이유가 있었다. 묘군으로 하여금 뒤쫓게 하려는 것이다.

공기 중의 변화가 조금만 있어도 폭발하는 일종의 공도(쏟刀)라고 할 수 있었다. 그것을 마신은 아무렇지도 않게 펼친 것이다.

"쿵. 그럼 쫓아가 볼까?"

어둠과 함께 살아온 박쥐인간 묘군은 공기의 흐름을 온몸으로 감지함은 물론이고 인간이 듣지 못하는 소리까지 들을 수 있는 귀를 지니고 있었다.

묵파멸능력에 영향을 받지 않는 유일한 인간이 있다면 그뿐이었다.

*　　　*　　　*

쪼르륵.

차를 따라 한 모금 입술을 적신 천잔수는 심술난 표정으로 창밖을 내다봤다.

만물촌의 거리는 여전히 분주했지만 거리를 메운 사람들의 수는 예전에 비해 많이 줄어 있었다.

"도대체가! 으이구, 답답해! 총관, 총관!"

천잔수는 속에서 울화가 치밀어 가만히 앉아 있을 수가 없었다. 해남도로 들어간 것이 분명한 적우강에게서 아무런 연락이 없기 때문이다.

"총……."

"없습니다."

방문 앞에 문을 열고 선 장유가 고개를 젓고 있었다.

"뭐가 없어?"

"적 장문인에 관한 소식은 없습니다."

"답답해 죽겠구만. 알았어."

장유는 보고가 끝났는데도 갈 생각이 없어 보였다.

천잔수는 심드렁해져서는 다시 입을 열었다.

"알았다고."

"다른 보고는 받지 않으실 겁니까?"

"보고할 게 남아 있었어?"

"예를 들어, 정체 모를 일단의 무리가 포구로 들어왔다가 해남도로 출발하려는 또 다른 무리와 만난 일 같은 것 말입니다."

"무슨 소리야?"

천잔수가 흥미있다는 듯 자세를 고치며 자리에 앉자 장유 역시 다가와 양손을 모으고 섰다.

"포구로 들어온 무리 중에 배가 뻥 뚫린 뚱돼지가 있었다고 합니다."

"뚱돼지?"

"팅팅 불은… 이라고 적혀 있었습니다만, 중요한 것은 그게 아니고 그 뚱돼지가 세 명의 보호를 받고 있었다는 겁니다."

"흐음?"

"폭풍마룡과 천지쌍마가 그 뚱돼지를 보호하고 있었습니다."

"……!"

천잔수는 일순 할 말을 잃고 말았다.

장유의 입에서 나온 세 사람은 충분히 그럴 자격이 있었다. 하지만 더욱 놀라운 사실은 그들이 뚱돼지란 자를 보호하고 있다는 것이다.

"그 뚱돼지가 그럼 그들보다 높은 지위라는 건가?"

"확실한 건 아니지만 수라대공일 확률이 높습니다."

"수, 수라대공!"

천잔수는 기함을 했다.

사대대공 중 한 명이 나타난 것이다.

"그걸 정도맹에서도 알고 있나?"

"…일전에 사천당가가 주축이 되어 한 무리가 해남도로 갔다고 보고드렸잖습니까?"

"그랬지."

"그들의 대부분이 죽었습니다."

"대부분이 죽었다고?"

"범인은 수라대공과 포구에서 만난 마인들 다섯이었습니다."

"겨우 다섯?"

"보고에 의하면 그렇습니다. 더 있었는지는 알 수 없습니다. 하나, 그들 다섯이 당가가 주축이 된 삼십여 명을 죽이는데 걸린 시간은 일다경도 채 안 됐다고 합니다. 그 소식이 전해지자마자 정도맹에서 소림, 무당, 화산을 비롯한 칠대문파의 제자들을 모아 귀주성으로 향하고 있답니다. 이번엔… 당가주가 직접 나섰습니다."

"당가주가 직접?"

천잔수의 얼굴이 일그러졌다.

"적 장문인이 해남도에서 나오면 필히 그들 모두와 부딪쳐야 할 겁니다."

"그렇겠지……."

"일단은 문도들에게 적 장문인을 최대한 보호하라고 일러두었습니다."

"구자귀와 가대건은?"

"백운산에서 돌아오자마자 주정민과 함께 점창파로 갔습니다."

"터 닦기?"

"예."

"이럴 때… 그래도 어차피 해야 할 일이고… 이것 참 적 장문인의 일을 알릴 수도 없고. 일이 완전히 꼬이는구만."

"점창파의 일은 주정민이 알아서 할 겁니다."

장유는 주정민을 완전히 신뢰하고 있었다.

그러나 천잔수의 걱정은 점창파가 아니었다.

'사대대공 중 한 명에, 십대장로의 제자에 천지쌍마라… 그나마 칠대문파의 정예들과 당가주가 나선다니 다행인 건 맞는데… 전혀 그렇게 생각되지 않으니…….'

천잔수는 장유가 나가는 것도 모르고 생각에 잠겼다.

장유의 보고를 듣는 내내 그의 신경을 건드리는 문제가 있었다.

마중천의 전력도 전력이지만 적우강이 당백지와 함께 나타날 텐데 그 모습을 당가명이 본다면 가만히 놔두겠는가?

그리고 도대체 누가 있어 수라대공의 배에 구멍을 냈단 말인가?

'아닐 거야, 아무리 적 장문인의 실력이 높아졌다고 해도 설마⋯⋯.'

천잔수는 적우강의 실력이 당대 후기지수들 중 최강이란 것은 인정하지만 그 이상은 아직 힘들다는 것을 잘 알고 있었다. 지금의 보고를 듣기 전까지는.

'구자귀 등에게 이 일을 숨겨야 한다. 적 장문인이 어떤 상황이란 것을 알면 당장 내려갈 테니. 끙.'

*   *   *

구자귀는 일부러 팔자걸음에 양손을 널찍하게 벌리며 걸었다. 키는 작지만 단단한 체구에 독 오른 눈빛을 한 구자귀의 모습은 영락없는 파락호였다.

'주 사제, 돌아가서 보자. 그냥 쓸어버리면 되지, 굳이 이런 일까지 하게 만들고.'

구자귀와 가대건은 나란히 점창파에서 멀지 않은 구룡현에 들어섰다. 십여 년 전의 모습만 생각했던 두 사람은 달라진 거리 풍경에 놀랐다.

구대문파 중 세 곳인 사천당가, 아미파, 청성파 때문에 기를 못 피던 마도인들이 몰락한 점창파의 영역에 자리를 잡은 것이다.

주변을 살피며 내려오던 구자귀의 시선이 옆으로 돌아갔다. 건물과 건물 사이에 비스듬히 서서 살기를 뿌리는 청년이 보였다.

"뭘 봐? 뒈지고 싶지 않으면 팔짱 풀고 안 보이는 곳으로 겨 들어가."

구자귀가 뭐라고 하기 전에 가대건이 빠르게 쏘아붙였다. 청년은 썩은 미소 한 번 날려주고는 어깨를 으쓱했다.

"그냥 가."

"엥? 그냥 가라구요? 저런 녀석부터 조지는 게 빨라요. 그래야 큰 놈이 달라붙죠."

"그럴 필요 없어. 벌써 나온 모양이다."

"에?"

가대건이 구자귀의 시선을 따라 고개를 돌리자 청년이 막고 있던 골목에서 제법 깐깐한 인상의 사내가 걸어나왔다.

상인들은 그 사내가 나오자 슬슬 자리를 피하기 시작했다.

행인들은 행여 사내의 눈에 띌까 봐 벽 쪽으로 몸을 밀착시켰다.

"야, 너희들 둘!"

사내는 나타나자마자 귀찮은 표정으로 구자귀와 가대건을 불렀다. 그는 눈이 위로 쭉 째졌고 얼굴에는 칼자국이 두어 군데 나 있었다.

"우릴 부르는 모양인데요, 구 사형? 이것 참. 살쾡이처럼 생긴 게 아주 지랄을 하고 자빠졌구만! 너희들 오늘 제대로 걸렸어."

사내는 가대건이 냅다 욕부터 내갈기고 빠른 걸음으로 다가오자 기막힌 듯 코웃음을 쳤다.

"너희들, 내가 누군 줄 알고 까부는 거냐?"

"어디 보자, 골목 안에… 에계, 겨우 이십여 명을 믿고 그렇게 까부는 거야?"

가대건은 골목 안을 보지도 않고 말했다.

사내는 씹고 있던 풀을 뱉으며 골목 안에 있는 일행들을 모두 불렀다.

"너, 구절곤 양패지?"

가대건이 사내를 보며 의미심장하게 웃었다.

'무슨 웃음이…….'

양패는 가대건의 사악한 웃음을 보자 등골이 서늘해지는

것을 느꼈다. 그 모습에 가대건은 입을 귀에다 걸 듯이 좋아했다.

골목 안에 있던 패거리들이 나온 것은 금방이었다.

싸움만큼 구경하기 좋은 건 없었다. 낭인으로 보이는 구자귀와 가대건이 겁도 없이 양패 패거리를 건드리자 호기심에 사람들이 몰려온 것이다.

그러나 사람들은 금방 흩어져야 했다.

가대건이 양패의 이를 모두 뽑아버리는 데 걸린 시간은 불과 주먹 두 번 휘두르는 시간밖에 걸리지 않았기 때문이다.

조용하던 구룡현에 난리가 시작됐다.

우당탕탕!

거칠게 주루 문을 부수며 들어온 일단의 무리들.

힐끔.

이층에서 식사를 하고 있던 구자귀와 가대건이 아래층을 내려다봤다.

험악한 인상의 사내들이 입구를 점령한 채 사람들을 위협하고 있었다. 막 짭쪼롬하게 말린 생선을 입에 넣고 오물거리던 구자귀가 짜증스런 표정을 지었다.

"뭐야? 양패란 놈만큼도 안 되잖아?"

“킥킥킥.”

가대건은 놀리듯이 구자귀를 보며 웃었다.

구자귀는 심드렁한 눈으로 가대건을 노려보고는 신형을 일층으로 떨어뜨렸다.

이각이나 흘렀을까?

구자귀가 손을 털며 계단을 올라왔다.

쾅!

“점창파를 우리가 먹어버리자!”

양패의 소식은 금방 사천성 전역으로 퍼지며 사천성의 마도인들을 뭉치게 만드는 계기가 되었다.

개중에는 제법 악명을 떨치는 고수들도 있었다.

탁자를 부숴 버린 거력패부 누치와 독과 암기를 절묘하게 부리는 흑수비 차광을 비롯해 그 외에도 고목칠살, 오악살신, 묵중도 등이 자리하고 있었다.

다른 성(省)에 비하면 실력이 다소 떨어지긴 하지만 이들 개개인의 실력은 모두 죽은 양패 이상이었다.

“클클. 점창파를 먹는다? 쫄딱 망했어도 구대문파라는 이름이 남아 있는 곳이라고.”

“그게 무슨 상관이야!”

누치의 목청이 방 안을 쩌렁하게 울렸다.

"클. 상관이 있지. 나머지 세 문파에서 제자 몇 명만 보내도 우린 끝장이라고."

"쿵. 거기에 대한 대비책이 있다고 했잖아."

"있지."

차광의 창백한 얼굴에 미소가 어렸다.

방 안에 있던 자들의 눈빛이 반짝였다.

"클클. 마중천에서 구궁마룡대를 보내주겠다고 했다면 믿겠나?"

"구궁마룡대?"

방 안의 마인들은 의아한 표정이 됐다.

구궁마룡대란 이름을 처음 들었기 때문이다.

"클. 얼마 전에 백운산에서 몰살당한 찬마흑살대 대신 만들어졌다지?"

"뭐냐, 지금. 듣도 보도 못한 그놈들의 명령을 받으라는 거냐? 나는 못한다."

고목칠살 중 한 명이 자리에서 일어났다.

"클. 누가 명령을 받아? 우린 안내만 하면 돼."

"안내?"

"점창파까지 안내만 하면 나머지는 그들이 알아서 한다고 했다. 기적이 일어나서 점창파에서 그들을 막아낸다? 그럼 마중천의 진짜 전력이 나설 수 있는 빌미를 제공하겠지. 어때?"

차광은 섬뜩한 미소를 베어 물며 방 안을 둘러보았다.

모두들 이것이 기회라는 것을 알았는지 고무된 표정들이
됐다.

"크하하하!"

"크크크크!"

방 안이 터져 나갈 정도로 큰 웃음소리가 연쇄적으로 터져
나왔다. 싸움을 시작하기도 전에 승리에 취한 이들의 목소리
는 너무 컸다.

지붕 위에서 듣고 있던 하오문의 제자 두진은 이들의 황당
한 대화에 자신도 모르게 낮게 코웃음 쳤다.

'구궁마룡대가 나섰다고? 일단은 주 소협에게 알리는 것이
급선무다.'

두진은 소리없이 지붕을 미끄러지며 내려와 곧장 어딘가
로 달려갔다.

"구 사형, 구궁마룡대란 놈들이 온다는데요?"

가대건이 주정민에게서 받은 서찰을 구자귀에게 건네며
말했다.

"구궁마룡대?"

"인원이 꽤 되는 모양이던데……."

"주 사제는 뭐래?"

"기다리래요."

가대건은 히죽 웃으며 구자귀의 옆에 앉아 정면에 보이는 칠층 전각을 쳐다봤다.

"아무리 봐도 멋지단 말예요. 주정민이 언제 저런 걸 다 생각했을까요?"

"주 사제야 시키는 대로 했겠지. 대단한 사람이야. 예전의 건물보다 웅장하고 숙소도 청명각의 백배는 되는 것 같고 모든 제자들이 수련할 수 있는 연무장까지."

"삼 년 만에……."

"그래, 삼 년 만이다."

구자귀의 목소리에는 감회가 어렸다.

신체의 일부를 하나씩 잃은 마마사천사들을 데리고 올 때만 해도 재건의 시작이라고 생각했건만 정문을 지나자 완전히 새로워진 점창파가 그를 맞이하고 있었다.

"홍 사형과 여불범이 있었으면 좋았을걸."

가대건의 목소리에는 그리움이 묻어 있었다.

"가대건, 당연히 홍 사형과 여불범은 함께 있지. 장문인께서 두 사람의 무덤을 뒷산 위로 옮기라고 하셨어. 공사하는 걸 지켜보면서 무척 기뻐했을 거야."

가대건을 나무라는 투의 퉁명한 목소리가 두 사람의 뒤쪽에서 들렸다.

"주정민, 왔냐?"

"어서 와, 주 사제. 고생 많다."

가대건과 구자귀가 일어나며 여전히 머리로 얼굴 반쪽을 가린 주정민을 반겼다.

"구궁마룡대를 상대하는 데 백갑과 묵투만 있으면 되잖아요? 전원이 다 오는 것도 아닌 모양인데 말이죠."

주정민은 아쉽다는 목소리로 말했다.

그 모습에 가대건이 인상을 쓰며 노려봤다.

"너, 지금 아쉽다는 거냐?"

"많이 오면 그만큼 소문이 빨리 나기는 하지. 왜?"

"……."

"겨우 구궁마룡대가 온다는데 나까지 도와주면 백갑과 묵투의 모양이 빠지잖아. 더구나 장문인께서 시킨 일도 있고."

주정민은 말을 마치고 돌아섰다가 뭔가 빠뜨렸다는 듯 다시 되돌아섰다.

"두 사람, 다치면 안 되는 거 알지?"

"웬일이냐, 네가 그런 걱정도 하고?"

"걱정? 이번 공격은 맛보기야. 우리가 어떻게 막는지 보고서 고수를 파견할 거란 말이지. 다치면 곤란하잖아. 할 일도 많은데 힘까지 쓰면 좀 그렇잖아?"

주정민은 픽, 웃음을 날리고는 안으로 들어가 버렸다.

"……."

"……."

구자귀와 가대건은 서로를 멀뚱히 쳐다봤다.

"독한 놈."

두 사람은 혀를 내두르며 예전 청명각에서 수련할 때의 농담을 하고는 환하게 웃었다.

*　　　*　　　*

"드디어 시작이네요."

당백지는 해남도로 돌아가는 배를 향해 손을 흔들어주었다. 포구까지 배웅해 주겠다는 십이화를 간신히 설득시켜 돌려보냈다. 포구에 도착하는 순간 무슨 일이 일어날지 모르는데 또다시 검각에 피해를 줄 수는 없었다.

"해남도에서 너무 오랫동안 머물렀어."

"피."

당백지는 위로 대신 급한 마음을 드러내는 적우강에게 새침한 표정을 지으며 토라진 척했다. 하지만 그런 행동은 오래가지 않았다.

펑!

뒤쪽에서 낭백의 장력이 거칠게 바다를 밀어내며 배를 움직이게 만들었다.

배는 쏜살같이 앞으로 뻗어나갔다.

당백지는 재빨리 중심을 잡고서 뒤쪽을 돌아봤다.

"괜찮으십니까, 주모?"

"예? 예. 낭 대협은 괜찮으세요? 회복된 지 얼마 안 됐는데 그렇게 무리……."

"저는 괜찮습니다, 주모."

적우강이 뭐라고 대답하기 전에 낭백이 먼저 대답했다. 당백지는 순간 할 말을 잃고 말았다. 낭백의 '주모'란 말에 당황한 탓이다.

해남도에서부터 몇 번이나 들었던 말이지만 여전히 익숙해지기 힘든 말이었다. 하지만 기분이 좋아지는 말이기도 했다.

"그렇다면… 다행이구요. 콜록."

당백지는 일부러 가볍게 기침을 하며 웃었다.

적우강은 두 사람의 대화를 듣거나 했는지 여전히 정면을 바라본 채로 말이 없었다.

검각에서 더 이상 시간을 보낼 수 없는 상황이었다.

주정민은 적우강과 함께 세운 계획대로 진행을 하고 있을 것이다.

'최대한 빨리 사형들과 합류해야 한다. 그렇지 않으면 사형들이 위험해진다.'

해남도에서 너무 많은 시간을 보내고 말았다.

그러나 그보다 더 시급한 일은 저 포구에서 기다리고 있을 마중천의 무리들을 처리하는 것이다.

좌아악—

물살을 가르며 미끄러지던 배가 살짝 허공에 들렸다가 다시 바닥에 닿았다.

"지 매, 그걸 사용해야 할 것 같아."

"그… 거라니요?"

당백지는 가까워지는 포구를 바라보며 긴장한 목소리로 물었다.

"검비비화우."

"저는 언제나 준비되어 있어요."

당백지는 환하게 웃으며 대답했다.

긴장한 것 같던 당백지의 대답은 적우강을 돌아보게 만들었다. 환한 당백지의 미소를 보며 적우강은 자신도 모르게 미소를 짓고 말았다.

"낭백, 백지를 보호해라."

"존명."

낭백은 자신감 넘치는 대답과 함께 거센 기운을 일으켰다.

그 모습에 적우강은 고소를 금치 못했다.

'지 매도 그렇고 낭백도 그렇고. 왜 내가 고쳤다고 생각하는 거지?'

적우강은 혼절해서 깨어나지 못하는 낭백이 걱정되어 명문혈에 손을 댄 적이 있었다. 뭘 어떻게 하겠다는 생각도 없이 그저 그의 명문혈에 손을 올려놓았을 뿐이었다.

그러나 그날 저녁, 낭백은 자리를 털고 일어났을 뿐만 아니라 전보다 강한 기세를 뿜어내기까지 했다.

지금도 풀리지 않는 의문이었다. 더욱 신기한 것은 낭백이 멀쩡해진 뒤로 그의 몸에서 이상한 흐름을 발견할 수 있었다.

촤라락.

포구가 가까워 오면서 당백지의 품에서 다섯 자루의 검이 허공으로 올라가며 검집과 분리됐다.

그 검들을 밟고 적우강의 신형이 허공으로 올라갔다.

적우강은 그중 한 자루를 가볍게 찼다.

대수롭지 않은 동작이었으나 적우강의 발을 떠난 검은 무섭게 회전을 일으키며 포구에 있는 자들에게 날아갔다.

쾅!

검을 향해 몸을 날린 인원은 모두 다섯.

그들은 적우강의 가벼운 발길질을 지켜보며 의아해하다 기겁을 하며 허공에서 검을 막았다.

마마대공의 명령으로 곽일비를 보호하기 위해 해남도로 향하려던 앙천오제였다. 형우 등을 만나 포구에서 기다리고 있다가 적우강을 보게 된 것이다.

핑그르―

앙천오제의 호신강기와 부딪친 검이 적우강에게로 되돌아갔다.

적우강은 날아오는 검을 향해 발을 옮겼다.

검의 회전이 완전하지 않을 때 막은 것만 봐도 앙천오제의 실력을 알 수 있었다. 되돌아온 검을 밟으며 주변을 죽 훑어보았다.

꽤 많은 사람들이 무기를 빼 들고 서 있었으나 생각보다 강한 자들은 눈에 띄지 않았다.

"저, 저… 거, 검을 타고 다닌다……."

적우강을 지켜보던 포구의 인물 중 한 명이 중얼거렸다. 목소리는 작았으나 거기에 담긴 두려움이 빠르게 퍼져 나갔다.

"저건 아무것도 아니다. 그저 검을 밟고 떠 있는 것뿐이야!"

앙천오제는 동시에 소리쳤다.

어마어마한 내공이 실린 그들의 목소리는 수군거리던 부하들을 일시에 숨도 못 쉬게 만들었다.

"언제까지 허공에 떠 있을 참이냐! 내려와서 제대로 한 번

싸워보자."

앙천오제 중 한 명이 적우강에게 내려오라는 손짓을 했다. 그때까지도 그들 다섯 명은 서로의 몸에 손을 떼지 않고 있었다.

"생긴 것도 비슷하고… 다섯이 형제인가?"

"……!"

적우강의 대수롭지 않은 한마디에 앙천오제는 일제히 놀란 표정을 숨기지 못했다.

이들의 무공은 층층합마공이란 무공이었다.

피를 나눈 형제들이 주로 익히는 무공으로 쌍둥이들이 익힐 때는 그 위력이 배가 될 수 있었다. 이들은 다섯 쌍둥이였다. 둘이나 셋보다 훨씬 위력적인 것이다.

"눈썰미는 대단하구나."

앙천오제 중 한 명이 입꼬리를 말아 올리며 손을 쓰려 했다.

"잠깐 기다려 봐."

다섯 형제 중 한 명이 그를 막아섰다.

"왜?"

"저 애송이보다 저 검을 조종하는 계집을 족치자."

"계집?"

"저 배에 있는 계집이 아까부터 손을 내리지 않고 있어. 아마도 저 검을 조종하는 건 저 애송이가 아니라 계집일 거야."

앙천오제는 일제히 적우강을 쳐다봤다.

그러나 적우강의 표정에는 변화가 없었다.

"그랬다가 저 애송이가 조종하는 거면?"

"나눠서 공격하면 되지. 너희 둘은 계집을 잡아, 우리 셋은 저 애송이를 공격한다."

"좋다."

다섯 명은 알아서 합의를 보고는 곧바로 실천에 옮겼다.

쉭쉭.

앙천오제 중 두 명은 당백지를 잡으러, 나머지 셋은 적우강을 향해 공격을 가한 것이다.

적우강을 너무 우습게 여기고 있었다.

그들은 그 한 수로 자신들의 멍청함을 충분히 깨달아야 했다.

쾅!

적우강을 공격한 앙천오제 셋은 채 허공으로 솟구치기도 전에 엄청난 압력을 견디지 못하고 땅으로 곤두박질쳤다.

당백지를 향해 달려가던 나머지 둘 역시 다르지 않은 상황에 처했다. 바다에 뜬 채로 각각 심장과 복부에 구멍이 난 채 즉사한 것이다.

그제야 당백지의 뒤쪽으로 낭백이 일어서며 빈 소매를 펼럭였다.

"형제들!"

비통하게 소리치는 앙천삼제는 낭백을 향해 전력으로 장력을 발출했다. 하지만 다섯에서 둘 빠진 그들의 공격은 속 빈 강정처럼 가벼웠다.

쾅!

낭백을 향하던 그들의 장력이 허공에서 떨어진 검으로 인해 사라졌다.

"헉!"

앙천삼제의 입에서 동시에 헛바람 삼키는 소리가 터졌다. 셋은 동시에 시선을 들어 허공을 쳐다봤다. 위쪽에는 적우강이 오연히 그들을 바라보고 있었다.

"너희들은 나를 노리지 않았던가?"

"너, 넌 누구냐?"

엉뚱한 곳에서 적우강 대신 대답해 주는 음성이 들려왔다.

"그가 누구냐고? 크크큭. 알려주마. 그는 점창파의 장문대행이다. 그렇지 않나?"

포구 뒤쪽 언덕 위.

모든 사람들의 시선이 그쪽으로 돌아갔다.

"형우!"

적우강은 그를 한눈에 알아볼 수 있었다.

형우는 적우강으로 하여금 더 강해져야 한다는 생각을 갖게 해준 자였다. 잊었을 리가 없었다.

"또 보는군."

"……."

적우강은 형우를 바라보며 대답하지 않았다.

그 작은 침묵은 눈치를 보던 쥐새끼들에게 절호의 기회인 것처럼 여기게 해주었다.

"죽어!"

앙천삼제는 곧장 솟구치며 세 사람의 내공을 격체전공(隔體傳功) 수법으로 몰아주었다.

그러나 가끔은 그 어떤 노력도 무의미해질 때가 있었다. 바로 지금처럼.

第八章
땅 끝에서 시작된 행보

"그런 식으로 저자를 죽이려고 하다니. 다섯으로도 안 됐
는데 셋이서? 크큭. 너희들은 거기까지다."

형우는 앙천삼제가 솟구치는 것을 보며 혀를 찼다.

그들의 실력으로는 적우강의 근처까지도 가기 힘들었다.

쾅!

역시나 앙천삼제 중 한 명이 검에 꿰여 처박혔다.

나머지 두 사람 역시 시간 차이만 있을 뿐 같은 꼴을 면치
못했다.

"대단하다!"

형우가 소리쳤다.

"내 여자를 노린 대가요."

"여자? 흐음… 그럴 가치가 있는 미인이군."

당백지는 서 있는 것 자체로도 충분히 아름다웠다.

형우는 고개를 끄덕이며 언덕에서 천천히 내려와 포구 가까이 걸어왔다.

"나는 저들과 상관없다. 네게 묻고 싶은 것이 있는데… 묵혈마수란 놈의 생사 여부에 대해서다. 해남도로 들어간 것까지는 알겠는데, 그 뒤로 소식이 끊겼거든."

'곽일비에 대해서?'

당연히 무극신마에 대해 물을 줄 알았던 적우강은 의아한 표정을 지었다.

"그는 죽었소."

"죽어?"

형우가 의심스러운 눈으로 쳐다봤다.

적우강이 죽인 것이 아니라 다른 사람에 의해 죽임을 당했다고 말을 하고 있기 때문이다.

"그렇소. 내 손으로 죽이고 싶었지만… 불행히도 다른 자가 죽였소."

적우강의 말에는 묘한 여운이 담겨 있었다.

아쉬움인 것 같기도 하고 분노인 것 같기도 했다.

"불행히도 다른 자의 손에 죽었다? 그가 누구지? 혹시 네 뒤에 서 있는 저 외팔이노인인가?"

고개를 좌우로 흔드는 적우강의 표정에는 거짓이 없었다.

'그럼 수라대공이?'

형우는 자신의 생각을 물어보고 싶었으나 차마 수라대공이란 이름을 입 밖으로 꺼낼 수는 없었다. 그랬다가는 수라대공이 이곳에 왔으며, 어떤 상태인지 삽시간에 천하로 퍼질 것이기 때문이다.

"큭, 갑자기 예전 생각이 나는구나. 지금도 여전히 궁지에 몰리면 마기를 사용하느냐?"

형우가 갑자기 화제를 돌렸다.

이번엔 적우강의 안색이 딱딱하게 굳었다.

형우의 말이 끝나는 순간 포구에 있는 사람들이 술렁거리기 시작했다.

적우강을 분명 점창파의 장문대행이라고 말한 사람이 그였다. 그런 적우강에게 마기를 사용하느냐는 질문을 던진 것이다.

술렁이는 분위기 때문인가?

형우는 예전의 기억이 떠올라 자신도 모르게 손을 주억거렸다.

환린대법을 완성하고 난 후 너무도 만나고 싶었던 녀석이 눈앞에 있었다. 이대로 폭풍극을 합쳐서 제대로 싸워보고 싶었다.

"사부님을 살해한 자가 누군지 묻지 않으마. 삼 년 전처럼 너의 허무맹랑한 대답 따윈 듣고 싶지 않으니까. 자, 궁금한 것도 알았으니 오랜만에 회포 좀 풀어볼까?"

말을 마친 형우는 허리에 손을 댔다.

그때였다.

"곽일비가 죽은 것이 확실하냐?"

형우의 행동을 저지시키며 언덕에서 두 명의 노인이 모습을 드러냈다.

그들은 천지쌍마였다.

멈칫한 형우는 두 사람의 등장에 인상을 썼다.

"두 분은 잠시……."

"폭풍마룡, 잊은 건가? 우리의 임무는 곽일비의 생사 여부를 확인하는 것이다."

"그건 두 분의 임무지요. 아니, 저자를 보기 전까지의 임무일 뿐입니다."

"오장로님을 실망시키지 마라."

"이미 실망시킨 것 같군요."

천지쌍마는 자신들의 말을 거부하는 형우의 모습에 눈이 깊어졌다.

적우강이 나타나지 않았다면 몰라도 나타난 이상 형우에 겐 무혈마제의 명령보다 중요한 일이 됐다.

'사부님을 누가 죽였는지 반드시 알아낸다!'

천지쌍마조차 눈에 들어오지 않았다.

"정말 오장로님의 명령을 무시하겠다는 거냐, 폭풍마룡!"

혈마의 목소리가 차갑게 가라앉았다.

"두 분은 할 일이 있지 않나요? '그'가 죽으면 더 곤란해질 테니까."

"……!"

수라대공에게나 가보라는 형우의 말에 천지쌍마는 당혹스러운 표정을 짓고 말았다. 조금 전까지, 아니, 적우강이 나타나기 전까지의 형우와 지금의 형우는 완전히 다른 사람이었다.

"이유가 뭔가, 폭풍마룡?"

혈마는 다시 한 번 기회를 주기로 했다.

"저자에게 들어야 할 말이 있습니다."

"겨우 그……."

"내게는 전부일 수 있는 말이오!"

혈마의 말은 중간에 멈추었다. 말을 끊으며 소리친 형우의 눈빛이 섬뜩하게 빛났기 때문이다.

그 눈빛에 천지쌍마는 뒤로 물러섰다.

간절히 바라는 무언가가 형우의 눈빛에 담겨 있었다.

"정리가 된 것 같군. 안 그래도 그냥 가면 어쩌나 했소. 이젠 폭풍마룡으로 불리는 모양이오?"

적우강은 밟고 있던 검에서 떨어졌다.

검을 거두라는 무언의 뜻이 담겨 있었다.

"강 랑……."

"지 매, 점창파의 장문대행으로서 해야 할 일이니 이해해 주길 바라."

그 말을 어찌 거부하겠는가?

당백지는 아무 말 없이 검을 거두었다.

스릉.

적우강이 여전히 뭉툭한 자하검의 검신을 반쯤 뺐다.

'저, 저 검은 보통 검이 아니다!'

형우의 뒤쪽으로 물러섰던 천지쌍마는 한눈에 자하검이 보통 검이 아니란 것을 깨달았다.

반밖에 뽑히지 않았는데 뭉툭한 검신에서 싸한 예기가 흘러나와 형우를 감싼 것이다.

놀란 사람은 한 명 더 있었다.

'주군의 기운이 또 달라졌다.'

낭백은 배 위에서 적우강을 놀란 눈으로 쳐다봤다.

해남도로 들어갈 때만 해도 이 정도는 아니었다.

이젠 적우강이 자하검을 완전히 뽑게 되면 어떤 일이 일어날지 예상할 수 없었다. 낭백의 손바닥에 절로 땀이 배었다.

그러나 천지쌍마보다, 낭백보다 더욱 놀란 사람은 적우강을 정면에서 마주 보고 있는 형우였다.

자존심은 자하검이 다 뽑혀질 때까지 기다리라고 하지만 마음으로는 벌써 손을 뻗고 있었다.

반밖에 안 뽑힌 자하검에서 전해지는 압박감은 장난이 아니었다.

'환린대법을 완성한 나를 이렇게 긴장시킬 줄이야. 삼 년 전 저자가 마마대공에게 갚을 빚이 있다고 했을 때는 비웃었건만 지금은 그럴지도 모른다는 생각이 든다.'

겨우 삼 년이 지났을 뿐이었다.

그러나 그때의 애송이는 사라지고 수라대공의 배에 구멍을 낸 장본인일지도 모른다는 생각을 했다.

인정할 수 없었다.

         *   *   *

포구에서 약 백여 리 떨어진 폐허가 된 장원.

그곳에 붉은 광채를 꼬리처럼 매단 채 내려서는 노인 셋이 있었다.

그들은 바닥에 내려서자마자 주위를 둘러봤다.

"이곳이 분명하냐?"

중간에 선 노인은 흑의를 입고 백발의 머리칼을 흔들며 은은한 홍광이 감도는 눈으로 양쪽에 시립한 두 노인에게 물었다.

그러자 홍의를 입은 반백의 두 노인은 아무런 대답 없이 폐장원을 뒤지기 시작했다.

"주군, 지하입니다."

홍의를 입은 노인 중 한 명의 말이 끝났을 때였다.

쾅!

흑의노인은 서 있던 자리에서 갑자기 푹 꺼지며 사라졌다. 지하로 들어가는 입구를 찾는 시간조차 아끼려는 행동인 것이다.

얼마 지나지 않아 장원 전체를 뒤흔드는 폭음이 지하에서 터졌다.

꾸웅—!

흑의노인의 손에 의해 뚫린 지하 석벽의 두께는 무려 두 자 이상은 될 것 같았다. 하지만 뒤따르는 홍의노인들은 그것이 당연하다는 듯 표정에 변화가 없었다.

"대공!"

흑의노인은 석벽 안쪽 바닥에 시체처럼 보이는 수라대공

의 모습에 격한 음성을 토해냈다.

그는 수라대공의 사부이자 마중천 일장로 나후살왕(羅吼殺王) 번노언이었다.

형우와 천지쌍마의 연락이 닿자마자 무려 육 일 동안 한 번도 쉬지 않고 전력을 다해 달려온 것이다.

"마의의 행방을 수소문해라. 어서!"

번노언은 살광을 폭사하며 사제나 마찬가지인 자홍쌍존에게 소리쳤다.

자홍쌍존 중 자주멸존이 두말없이 곧장 석벽에서 나갔다.

"어찌 된 일이오, 수라대공! 곧 천주가 되실 분이 어찌 이런 모습으로… 그 신분으로 왜 혼자 움직이신 것이오, 왜!"

백 세가 넘은 번노언에게 있어 수라대공은 손자나 마찬가지였다. 그렇기에 수라대공이 대공의 자리에 올랐을 때 누구보다 기뻐했다.

그 이후로 마신의 눈에 띄어 묵혈음수공을 전수받을 때 사제의 연을 포기해야 한다는 말을 듣고도 기꺼운 마음으로 허락할 수 있었던 것도 그 때문이다.

그런 수라대공이 사경을 헤매고 있었다.

살려야 했다.

"누가 대공에게 이런 짓을 했는지 알아내 반드시 사지를 찢어 죽이고 말 것이다. 반드시!"

번노언의 전신에서 홍광이 발산되며 지하 석실을 가득 메
웠다.

"홍살마존, 형우를 찾아라. 감히 대공을 혼자 내버려 두다
니! 그놈의 피로 대공의 몸을 녹일 것이다."

홍살마존은 번노언의 명령이 떨어지기 무섭게 사라졌다.

        *   *   *

촤라락.

폭풍극의 날이 자하검에 부딪쳤다 튕겨지며 허공을 선회
했다. 형우의 발이 빨라졌다. 되돌아오는 날을 폭풍극에 끼우
며 그대로 적우강의 머리를 공격했다.

쾅!

적우강은 자하검을 백광으로 감싸며 폭풍극을 가볍게 막
았다.

"……!"

형우는 폭풍극을 쥔 양손이 쩌릿해지자 동공을 확장시키
며 흥분했다.

움직임이 빨라질수록 두 사람을 에워싼 모래가 사방으로
날리었고, 그 와중에 날아다니는 폭풍극의 날과 기파의 충돌
로 지형이 조금씩 변해갔다.

두 사람의 싸움에 방해되는 것들은 알아서 치워졌다.

시간이 지남에 따라 싸움을 구경하는 사람들은 두 사람의 움직임을 놓치고 말았다.

쾅!

폭음이 허공에서 터지는가 싶더니 두 사람이 어느새 제자리에 선 채 서로를 노려보며 잠시 손을 멈추었다.

곧 다시 격돌할 준비를 하는 것이다.

틱. 틱.

두 사람이 내뿜는 기운이 부딪치며 멀리 있는 모래를 먼지로 화하게 만들었다.

형우는 목의 관절을 풀었다.

몇 번의 공격으로 적우강에겐 같은 공격이 통하지 않는다는 것을 알게 됐다. 하지만 그것을 인정할 순 없었다.

형우는 폭풍극을 한 손으로 쥔 후 다른 한 손을 비어놓았다.

"삼 년 전에는 사용하지 못했지만 오늘은 가능하지."

"……."

"기대해라. 폭풍대전차를 사용할 생각이니. 어떤 무공인지 궁금하지 않느냐?"

"전혀. 당신은 내 오른손을 자극하지 못해."

적우강이 대답 대신 엉뚱한 말을 했다.

"뭐?"

형우는 적우강의 엉뚱한 말에 의아한 표정을 지었으나 그런 것까지 일일이 신경 쓸 상대가 아니기에 콧방귀 뀌며 잊어 버렸다.

적우강의 말은 사실이었다.

포구에 도착했을 때 당연히 반응이 있을 줄 알았던 오른손이 잠잠했다. 이것은 포구에 있는 자들 중에 적우강을 위협할 사람이 없다는 것을 뜻했다.

해남도에서 수라대공과 싸운 이후에 깨달은 것이다.

쿠콰콰콰—!

형우가 폭풍극을 대각선으로 회전시키며 반달 모양의 빛들을 마구 뿌려댔다. 그리고는 곧바로 몸통 공격이라도 할 것처럼 몸을 말아 부딪쳐 왔다.

츠르릇.

적우강은 반달 모양의 빛들을 바라보다 자하검의 검신을 백광으로 감쌌다.

빠른 반응.

현천진기를 단전으로 보내 마기와 충돌시켜 더 큰 힘으로 끌어내던 이전의 방식이 아닌 자연스레 일어난 현상이었다.

적우강은 스스로도 이렇게 빨리 원하는 대로 진기가 일어날 줄 몰랐는지 이채를 발했다.

다가오는 형우의 반달 모양 빛들을 향해 자하검이 흔들렸다.

슈악—!

무수한 형우의 반달 모양 빛들이 백광에 의해 모두 잘려 나갔다. 그 광경에 형우는 재빨리 호신강기로 몸을 보호하며 다음 공격을 시도했다.

폭풍대전차라 불리는 비기였다.

폭풍극과 전신이 하나로 굴러가는 것 같다고 해서 붙여진 초식이었다.

그러나 그 엄청난 공세를 적우강은 간단히 자하검을 횡으로 그은 것으로 막았다.

쾅!

"헉!"

형우는 자신의 힘이 막히는 걸 느끼자 급히 몸을 왼쪽으로 접으며 피했다.

"……."

적우강은 여전히 처음과 다름없이 담담한 얼굴로 자하검을 뻗은 채 그 공격이 끝이냐는 듯이 쳐다봤다.

"크윽."

기어코 형우의 입에서 신음이 흘렀다.

적우강과의 거리는 불과 오 장도 되지 않았다.

그러나 그 거리를 두고 자하검의 백광과 형우의 호신강기
는 치열하게 교전을 펼치고 있었다. 조금 더 파고들려는 자하
검의 백광과 허리를 내주지 않으려는 형우의 치열함이 주위
로 확산됐다.

쉬쉭.

이대로 두면 형우의 허리가 잘릴 거라 생각했는지 천지쌍
마가 형우의 좌우에 서며 적우강의 백광을 밀어냈다.

꾸우— 웅—!

자하검의 백광이 가벼워졌다.

형우는 그 순간을 놓치지 않고 반대쪽으로 몸을 날릴 수 있
었다.

"셋이서 하는 거요?"

적우강은 천지쌍마가 끼어들었음에도 전혀 놀라지 않고
오히려 함께 상대할 것처럼 자하검을 들어 올렸다.

엄청난 자신감이 아닐 수 없었다. 아니, 자신감 따위가 아
닐지도 몰랐다.

혈마를 바라보는 적우강의 눈에는 아무것도 없었다.

그저 거추장스러운 장애물을 바라본다고나 할까?

"자, 잠깐! 우린 폭풍마룡을 살리기 위해 나섰을 뿐이다.
폭풍마룡이 졌다. 그 나이에 아무런 준비도 없이 검강을 연속
으로 뿌릴 수 있는 고수라니. 하! 내 눈으로 보고도 믿지 않을

수 없구나."

혈마는 다급하게 손을 들었다.

백광, 그것은 분명 검강이었고 천지쌍마로 하여금 죽음을 각오하게 만들 수 있는 경지였다.

"열 살 때의 나는 어쩌면 지금보다 더 강했을 수도 있소. 기억은 못하지만."

적우강은 싸울 의사가 없는 천지쌍마에게서 시선을 떼고 형우를 돌아봤다.

그가 그토록 궁금해하던 무극신마의 죽음에 대해 말해준 것이다.

백광에 닿지도 않았는데 형우의 옆구리에서는 피가 흐르고 있었다.

충격만으로 만들어진 상처였다.

"믿을 수 없다……."

"믿고 안 믿고는 당신 마음이오. 직접 겪어보고도 믿지 않는다면 어쩔 수 없지."

그 말을 끝으로 적우강은 더 이상 아무 말도 하지 않았다.

쏴아아—

바닷바람이 두 사람 사이를 파고들었다.

형우를 부축하던 혈마의 시선이 한곳을 뚫어져라 응시하고 있었다.

적우강이 서 있는 발아래였다.

'폭풍마룡이 서 있던 곳은 저토록 어지러운데 이자가 서 있던 곳엔 발자국 하나 없다.'

형우와 같은 고수를 상대하면서 한 발자국도 움직이지 않았다는 것을 의미했다.

혈마의 전신에 소름이 쫙 끼쳤다.

눈앞의 점창파 장문대행이란 놈은 강해도 너무 강했다.

슥.

적우강이 뒤를 향해 돌아섰다.

순간 혈마는 자신도 모르게 몸을 움찔거렸다.

적우강의 작은 움직임에도 반응할 정도로 긴장하고 있었던 것이다.

'점창파는 마마대공에 의해 멸문되지 않았던가? 몇 년 지나지도 않은 지금, 점창파의 장문대행이라는 자가 검강을 사용하며 보란 듯이 다시 나타났다.'

혈마는 고개를 젓고는 광마와 함께 형우를 부축하며 언덕으로 사라졌다.

적우강은 세 사람이 완전히 사라진 것을 확인하고 나서야 주위로 시선을 돌렸다.

이백여 명의 마중천 무리는 앙천오제가 죽는 순간 이미 전의를 상실했는데, 거기에 형우까지 도망치듯 가버리자 알아서 물러섰다.

"대단한 환영 인사군."

적우강은 당백지를 돌아보며 씨익, 웃었다.

당백지와 낭백은 곧바로 적우강의 곁으로 다가와 함께 언덕을 올랐다.

막 언덕에 올라섰을 때였다.

캑!

빠르게 찔러오는 예기에 적우강의 손이 무의식적으로 그것을 막아갔다.

적우강이 언덕을 넘어서는 순간을 노린 공격이었다.

"……!"

완벽함을 자신했는지 암습한 자의 백색 동공이 확장되어 있었다. 그는 앙천오제가 죽을 때도 모습을 드러내지 않은 암영이었다.

언덕에서 기다리며 완전히 몸을 숨기고 있었다.

살기는 물론 숨소리조차 감췄다.

공격할 때 일으키는 공기의 마찰까지 죽이기 위해 복장까지 물고기 비늘처럼 생긴 옷까지 입은 상태였다.

그런데도 암습이 실패한 것이다.

퍽.

암영의 뒤통수에서 피 화살이 뿜어졌다.

적우강이 해남도에서 터득한 수법 중 하나를 사용한 것이다.

발현을 상대의 몸속에 심는 수법이었다.

적우강의 손에서 시작된 발현의 기운이 암영의 검을 파고 들어 머리에 닿으며 뒤통수로 나온 것이다.

적우강은 당백지의 얼굴을 왼쪽 가슴에 묻은 채로 암영의 시체를 지나갔다.

뒤쪽에서 머리를 잃은 암영의 몸이 쓰러지는 소리가 들렸다.

쿵.

"괜찮으세요, 강 랑?"

당백지가 걱정스러운 목소리로 물었다.

적우강은 별 것 아니라는 듯이 활짝 웃어주었다.

수라대공이 경고했던 지옥이 시작되는 건가?

그러나 지옥치고는 좀 느슨한 느낌이었다.

'점창파로 가는 동안 너희들이 지옥을 보여주지 못하면, 반대로 내가 지옥을 보여주마.'

적우강은 걱정스런 얼굴로 쳐다보는 당백지의 어깨를 좀 더 강하게 끌어안았다.

"낭백."

적우강은 시선을 지평선 너머로 던진 채 입을 열었다.

"예."

낭백은 대답과 함께 적우강의 시선을 쫓아갔다.

그러나 그 시선의 끝에서 아무것도 볼 수 없었다.

'도대체… 내게는 보이지도 들리지도 않는데 뭘 느끼신 거지?'

낭백은 대답을 하고 나자 의아해지고 말았다.

"백지와 함께 이곳에 있어라."

"알겠습니다."

당백지는 두 사람의 대화를 이해하지 못해 의아한 눈으로 쳐다봤다.

"강 랑, 어딜 가려고요?"

"금방 돌아올 테니 이곳에 있어, 지 매."

"같이 가요."

당백지가 말을 끝내기도 전에 적우강은 허공을 솟구치고 있었다.

"낭 대협, 강 랑이 어딜 가는 거예요?"

당백지는 다급한 마음에 낭백을 돌아보며 발을 동동 굴렀다. 하지만 낭백 역시 알지 못했다.

"모르겠습니다."

"낭 대협도 모른다고요? 그럼 가봐야죠."

"주모, 주군의 능력은 이미 제 능력을 벗어나 있습니다. 모르긴 몰라도 혼자서는 염왕도 상대할 수 있을지 모릅니다. 믿으십시오."

낭백은 그 말을 끝으로 입술을 굳게 다물었다.

당백지는 더 이상 물어봐야 소용없다는 것을 알고 조용히 시선으로만 적우강의 뒤를 쫓아갔다.

형우를 부축하여 폐장원으로 향하던 혈마는 갑작스러운 공격을 받고 엉겁결에 손을 놓고 말았다. 당황한 눈으로 재빨리 공격한 자를 쳐다봤다.

"폭풍마룡! 제 몸 하나 간수하지 못하는 놈이 수라대공님을 두고 어딜 나다니는 거냐?"

공격한 자는 혈마도 잘 알고 있는 홍살마존이었다.

형우를 걷어찬 홍살마존은 양손을 펴 천지쌍마를 견제했다.

"컥."

형우는 쓰러진 채 각혈을 하며 몸 안의 죽은피를 뱉어냈다.

"일장로님께서 기다리고 계신다. 가자. 너희들… 응? 뭐 하는 거냐?"

홍살마존은 형우의 배를 다시 한 번 걷어차며 천지쌍마를 돌아보려 했다.

그러나 혈마가 홍살마존의 발을 양손으로 막았다.

"홍살마존, 당신이 아무리 일장로의 호위라고 해도 폭풍마룡을 이렇게 함부로 대할 수는 없소. 그는 십대장로의 제자였던 사람이오."

"그래? 그럼 일장로의 호위로서 오장로의 호위에게 명령을 내리지. 당장, 비켜."

"클클. 혀, 혈마, 잠시… 저놈 내 먹이다."

지금까지 입을 다물고 있던 광마가 처음으로 광기로 번들거리는 눈빛을 여과 없이 드러냈다.

그는 적우강과 형우가 싸울 때 몇 번이고 나서려 했으나 혈마의 저지로 그만두었다. 하지만 다른 사람도 아닌 형제보다 가까운 혈마를 지나가는 개새끼마냥 대하는 자에 대해서는 더 이상 참을 수가 없었던 것이다.

"먹이? 이 미친놈은 명령이란 말을 듣지 못한 거냐?"

홍살마존이 기가 막힌 듯 광마에게 손가락질을 하며 짜증을 냈다.

"클클. 광마는 그걸 제일 싫어하지."

혈마는 홍살마존을 비웃듯이 쳐다봤다.

그때였다. 천지쌍마를 비웃는 목소리가 허공에서 들려왔다.

"내가 잘못 들은 건가? 일장로 호위의 말을 오장로 호위 따위들이 안 들어? 둘이라 용기가 나는 모양이군."

"잘 왔소, 자주멸존."

냉소 섞인 목소리의 주인을 보며 홍살마존이 반색을 했다. 마의의 행방에 대해 알아보고 돌아오는 길에 홍살마존을 발견한 자주멸존이었다.

"천지쌍마, 일장로님의 호위는 호위들 중 가장 막강한 힘을 가진다는 걸 모르느냐? 내 오늘 그걸 상기시켜 주마."

홍살마존은 자주멸존이 합류하자 자신감 넘치는 태도로 천지쌍마를 쳐다봤다.

천지쌍마의 인상이 구겨졌다.

자홍쌍존의 능력은 확실히 천지쌍마에 비해 강했다.

"……."

짧게 끊어지는 폭음이 두어 번 이어졌다.

적우강은 그 소리만으로 싸우는 사람들 중 둘 이상은 누구인지 알 것 같았다.

형우와 천지쌍마.

멀리 가지 못한 모양이다.

딱히 생각하지 않으려고 해도 자연스럽게 그들의 싸움이 어떨지 떠올랐다.

그들이 뿜어내는 기가 절로 느껴진 탓이다.

'저들은 아니다.'

굳이 당백지와 떨어져 홀로 이곳까지 온 이유가 있었다. 오른손의 반응. 이곳 어디엔가 상당한 고수가 있음을 뜻했다.

'수라대공을 마지막으로 오른손의 느낌은 사라졌었다. 오른손이 반응한다는 것은 수라대공 못지않은 고수가 이 근처에 있음을 뜻한다.'

하나 한 가지 이상한 점이 있었다. 거리는 가까워지는데 오른손의 반응은 별반 차이가 없는 것이다.

'뭐지?'

쾅!

적우강이 막 나무꼭대기에 발을 올려놓는 순간, 폭음이 터지며 아래쪽 상황이 한눈에 들어왔다.

적우강의 예상대로 아래쪽에 천지쌍마의 모습이 보였다. 그들의 상대는 붉은 옷을 입은 고수 둘이었다. 적우강은 고개를 좌우로 돌렸다. 역시나 형우도 눈에 들어왔다. 옆구리를 부여잡은 채 바닥에 쓰러져 있는 형우는 몰골이 말이 아니었다.

쉭.

적우강은 신형을 떨어뜨려 소리도 없이 형우의 옆으로 이동했다.

"괜찮소?"

"……!"

형우는 깜짝 놀라 두 눈을 부릅떴다.

"네, 네가 상관할 바가 아니… 윽."

적우강이 보고 있다는 생각 때문인지 형우는 억지로 신형을 일으켜 앉으려 했다.

"오해하지 마시오. 그냥 지나치다 본 것이니."

적우강은 형우에게서 시선을 돌리며 누군가를 찾듯이 주위를 둘러보았다.

"사, 상관도 없는 놈이 왜 내 뒤를 쫓아온 거냐?"

"당신을 뒤쫓은 것이 아니라… 누군가를 찾아왔을 뿐이오."

"누군가를?"

형우의 목소리가 높아졌다.

그러자 팽팽하게 대치 상태를 유지하던 자홍쌍존과 천지쌍마가 동시에 고개를 돌려 적우강을 발견했다.

"네놈은 누구냐!"

자홍쌍존이 기척도 없이 나타난 적우강의 모습에 이구동성으로 외쳤다.

이것은 네 사람 중 누구도 적우강이 나타난 것을 눈치 채지 못했다는 것을 뜻했다.

"천지쌍마, 저 애송이는 누구냐?"

홍살마존이 명령하듯 물었다.

혈마는 냉소를 터뜨리며 대답하지 않았다.

그때였다.

적우강의 시선이 폐장원이 있는 쪽을 향하다 네 사람은 신경도 쓰지 않고 신형을 솟구쳤다.

그 모습에 자홍쌍존은 곧장 뒤따랐다.

막 천지쌍마도 뒤쫓으려 할 때 형우가 거칠게 기침을 토해내며 괴로워했다.

"쿨룩쿨룩……."

"괜찮은가, 폭풍마룡?"

혈마의 질문이 끝나기도 전에 형우는 의식을 잃고 말았다. 억지로 몸을 일으키는 바람에 피를 많이 흘렸는지 바닥이 붉게 젖어 있었다.

두 사람은 서로를 바라보다 형우를 살리는 쪽을 택했다.

적우강이 도착한 곳은 폐장원 앞이었다.

문을 지탱하던 나무 고리가 끊어져 정문이 흔들거리고 있었다.

끼이익― 끼이익―

삐걱거리는 문소리가 들리지 않을 정도로 강한 기운이 멈춰 선 노인에게서 들렸다.

"내 기척을 느낀 것만으로도 네게 후한 점수를 주지."

멈춰 선 노인은 번노언이었다.

그는 적우강이 쫓아온 것이 의외인지 이채를 발했다.

"당신이었군."

"응?"

번노언은 적우강이 대뜸 자신을 아는 척하자 인상을 찌푸렸다.

적우강이 오른손을 들어 올렸다.

너무도 자연스러운 동작.

공격하기 위한 행동은 아니었다.

"뭐지?"

"당신을 안다는 말이 아니라 내 오른손을 자극한 사람이 당신이었다는 뜻이오."

"뭐라? 네 오른손을 자극해? 내가?"

"그렇소."

나타난 적우강이 밑도 끝도 없는 말을 했지만 그 말은 묘하게도 번노언의 호기심을 자극하기에 충분했다.

번노언을 바라보며 서 있던 적우강의 눈이 스르르 옆으로 미끄러졌다.

"죽어라, 애송이!"

십여 장 밖에서 자홍쌍존이 날아오며 손을 쓰는 것이 보였다.

'건방이냐, 실력이 있는 거냐?

번노언은 적우강이 어떻게 대처할지 지켜보기로 했다.

콰콰콰.

공기를 가르며 빠르게 다가온 자홍쌍존의 육장과 적우강이 뽑아 든 자하검이 격돌했다.

쾅!

부딪쳤으니 당연히 떨어져야 정상이거늘 세 사람은 허공에서 꼼짝도 하지 않았다.

자홍쌍존의 육장과 손가락 두어 마디 정도 떨어진 곳에 자하검이 하얗게 빛을 뿌렸다.

'오! 자홍쌍존의 힘을 흡수한 거냐?'

번노언은 이채를 번득였다.

자홍쌍존의 실력을 누구보다 잘 아는 그이기에 놀라서 쳐다본 것이다.

"이이이……."

"이런 말도 안 되는……."

자홍쌍존의 얼굴이 일그러지며 고통스러운 신음을 뱉어냈다.

적우강이 무슨 수로 두 사람을 허공에 얽어매어 놨는지 전혀 알 수 없었다.

"이것, 참. 그때와 비슷하군. 역할만 바꾸면 정말 똑같을 것 같소. 강했소, 무척."

적우강의 입에서 담담한 목소리가 흘러나왔다.

수라대공과 싸울 때 벽옥마벽후와 대치한 상황을 말하는 것이다.

"그런데?"

번노언이 호기심 어린 목소리로 물었다.

"그는 강할 이유가 있는 사람이었소. 아주 대단한 신분이었거든."

"대단한 신분?"

"당신도 알 거요, 수라대공이라고 했으니."

"수, 수라대공!"

번노언은 물론이고 자홍쌍존 역시 허공에 뜬 채 경악하고 말았다.

세 사람은 수라대공의 상태를 본 후였다.

눈앞의 애송이는 지금 자신이 수라대공의 배를 뚫었노라고 말하고 있었다.

"수라대공의 몸을 그 지경으로 만든 것이 너다?"

번노언이 흥분한 목소리로 재차 물었다.

"그 지경? 그건 지금… 당신이 수라대공을 만났다는 뜻이오?"

"내가 묻는 말에나 대답해!"

"살아 있다니. 그는 지금 어디 있소?"

적우강은 번노언의 화난 얼굴을 빤히 바라보면서 오히려 반문했다.

흥분한 얼굴의 적우강을 지켜보던 번노언은 잠시 말을 멈추고 생각했다.

적우강이 정말로 수라대공의 배를 뚫은 장본인이라면 저렇게 흥분할까? 말이 안 되는 소리였다. 그 정도의 상처를 입은 수라대공을 놓아줄 리가 없기 때문이다.

"큭. 애송아, 하마터면 믿을 뻔했다. 수라대공에 관한 얘기를 누구에게 들었느냐? 그런 식으로 말하면 내가 수라대공의 행방을 말해줄 거라고 믿는 건 아니겠지?"

번노언의 눈빛이 살벌하게 변했다.

누군가가 적우강을 조정한다는 확신이 깃든 눈빛이었다.

"후후. 믿지 않으면 어쩔 수 없지. 알았소, 내가 직접 찾아 보겠소."

적우강은 번노언에게서 시선을 떼고 자홍쌍존을 잡고 있던 자하검의 끝에 힘을 집중시켰다.

츠르릇.

자하검에서 시작된 백광이 자홍쌍존까지 끊어지지 않고 이어졌다.

쾅!

"큭!"

백광에 닿은 자홍쌍존이 날아가 버리고 말았다.

"……!"

번노언은 나가떨어지는 자홍쌍존을 구할 생각도 안 하고 눈을 가늘게 뜨며 적우강을 노려봤다.

엄청난 내공이었다. 어느 정도 실력이 있는 줄은 알았지만 자홍쌍존을 저토록 가볍게 튕겨낼 정도의 내공을 가졌을 줄은 상상도 하지 못한 것이다.

"너는 누구냐?"

번노언의 목소리가 달라졌다.

"나는 점창파의 장문대행이오."

"점… 창파의 장문대행?"

번노언은 의심스러운 눈이 됐다.

점창파에 관해서는 그도 아는 바가 있기 때문이다.

"이상하군. 점창파에서 찾아야 할 사람은 마마대공이 아니던가?"

"같은 말을 또 하게 하는군. 마마대공은 분명 내 손에 죽소. 하나, 그 건 나중 일. 지금은 수라대공이 대가를 치르게 해야 하오."

"대가?"

"수라대공은 해서는 안 되는 짓을 했소. 사문의 반도인 곽일비를 그가 죽인 것이오. 그건… 내가 해야 할 일이었소! 그것을 가로챘으니 당연히 그 대가를 치러야지."

적우강은 수라대공이 눈앞에 있기라도 하면 당장 죽일 수 있다고 생각하는지 눈 하나 깜빡이지 않았다.

'정말 이놈이 수라대공을 그렇게 만들었단 말인가? 저 내공만 강해 보이는 애송이에게?'

믿기지 않는 적우강의 말로 인해 번노언의 머릿속이 복잡해졌다.

이런 상황을 번노언은 무척 싫어했다. 명확하지 않은 일들과 분명하지 않은 관계, 그리고 그의 권위에 도전하는 것들의 말을 들어야만 하는 이런 상황을.

나가떨어졌던 자홍쌍존이 몸을 수습하며 일어나 공격할 태세를 갖추고 있었다.

"너희들은 그만하면 됐다. 물러서."

번노언은 손을 저어 자홍쌍존의 행동을 막고는 말을 다시 이어갔다.

"너와 같은 자가 정도에 있었다니… 앞으로는 마중천의 정보력에 좀 더 공을 들여야겠구나. 이렇게 클 때까지 싹을 자르지 않은 건 분명 마중천의 잘못이야."

번노언의 눈에서 살기가 줄기줄기 뻗쳐 나왔다.

"가만, 점창파의 장문대행… 장문대행… 혹시 수라검귀?

삼 년 전……."

"화산군웅대회 때 그렇게 불리긴 했소."

"너로구나!"

번노언은 그제야 수라검귀에 대한 보고를 읽은 기억이 났다. 군웅대회 이후 유명해진 멸문 된 점창파의 장문대행.

"오늘로 너에 대한 얘기는 끝이 나겠구나."

번노언의 품에서 나올 때는 팔뚝만 하던 죽간(竹竿)이 금방 삼 장 가까이 늘어났다.

"몇십 년 만에 이걸 꺼내는지 모르겠다. 마죽, 이걸로 인해 나후살왕이란 이름이 붙었지."

第九章
강기갑(罡氣鉀)

마죽.

줄어들면 반 보, 늘어나면 삼 장.

반보삼장죽(半步三丈竹)이라고도 불리는 악마의 무기였다.

화산석에서 유일하게 자라는 대나무종 중에 화혈죽이란 종이 있다. 이 화혈죽을 만년빙에 백 년 동안 얼린 후 용암에 넣었다 빼내면, 냉기와 열기를 동시에 흡수하는 엄청난 무기로 탄생하게 되는 것이다.

번노언은 늘어난 마죽의 중간과 끝을 잡고서 휘었다.

팽팽하게 휘어진 마죽이 적우강을 향했다.

"아직 늦지 않았다. 조금 전에 한 말이 사실이 아니라고만 하면 살려주겠다."

"그 낚싯대처럼 생긴 것이 무기요? 양손에 음기와 양기를 나누어 사용하는 건가?"

적우강은 엉뚱한 대답을 하며 자하검을 들어 올렸다.

별말 아니었으나 그 말에는 번노언이 마죽을 어떻게 사용하는지에 대한 모든 것이 담겨 있었다.

번노언의 양손에 집중됐던 기운이 하나로 모였다.

핑—

오른손을 놓아 마죽이 적우강을 향하게 했다. 그리고는 곧장 위치를 바꿔 오른손과 왼손을 교차시켜 마죽을 등진 자세로 바꾸었다. 마치 첫 번째 공격을 적우강이 피할 것이라 예상한 것처럼.

쾅!

묵직한 힘이 자하검을 든 오른손에 실리자 적우강은 백광을 일으켜 마죽을 때렸다.

터엉—

"……!"

백광과 부딪친 마죽은 잘리기는커녕 오히려 자하검을 튕겨내 버렸다.

당황하는 적우강의 모습에 번노언은 웃었다.

"아직 시작도 안 했는데 그럼 곤란하지. 아까 떨던 건방은 어디다 두고 그런 표정을 짓는 게냐?"

"생각보다 좋은 무기였군. 하긴 단번에 잘릴 정도였으면 오른손이 반응도 하지 않았겠지만."

적우강은 오히려 웃었다.

쾅!

폭음이 터지고, 그다음에야 '슈악' 하는 소리와 함께 공간이 비명을 질렀다.

마죽에서 뿜어지는 기운의 영향이었다.

첫 격돌부터 심상치 않자 자홍쌍존은 서로를 쳐다봤다. 적우강의 능력이 자신들과는 비교도 할 수 없다는 걸 깨달은 것이다.

"저 애송이… 일장로님의 속도를 따라가고 있다."

"일장로님께서 맞춰주시는 것 같았는데……."

자홍쌍존은 번노언의 표정을 보고 있었다.

간헐적으로 보이는 찡그린 표정.

그만큼 적우강이 번노언을 곤란하게 만들고 있다는 뜻이었다. 이런 경우를 본 적이 없기에 자홍쌍존은 멍청한 눈으로 바라보기만 해야 했다.

그나마 보이던 두 사람의 신형이 어느새 집중하지 않으면 환영도 못 볼 정도로 빨라진 까닭이다.

쉬아아아악—

콰쾅!

날카로운 바람 소리로 이어지던 적우강과 번노언의 대결이 거대한 폭음과 함께 멈추었다.

와르르르—

폐장원의 정문 담벼락이 무너지는 소리였다.

"저, 저럴 수가……."

홍살마존이 입을 쩍 벌리고 다물지 못했다.

먼지가 가라앉으며 드러난 광경은 충분히 홍살마존을 경악하게 할 정도로 엄청났다.

번노언의 뺨으로 머리카락 몇 올이 흘러내렸다.

적우강이 그의 호신강기를 뚫고 들어왔음을 뜻했다.

"믿기지 않는 실력이다!"

번노언은 진정으로 감탄하며 양손을 검게 물들였다.

그 모습을 본 자홍쌍존은 동시에 기겁을 하며 뒤로 물러섰다.

"이, 일장로님께서 설마……."

"설마가 아니다. 지금 마왕현신(魔王現身)을 펼치려고 하시는 거야! 피해!"

홍살마존은 다급하게 소리치며 자리를 먼저 박찼다.

"헉! 저, 저……."

뒤늦게 자리를 뜨던 자주멸존의 놀란 목소리가 홍살마존을 잡았다.

"왜!"

"저, 저놈이 일장로님의 마왕현신만큼이나 커졌다."

"쓸데없는 소리……."

홍살마존은 있을 수 없는 일이라 말하려 했었다. 하지만 적우강을 감싼 백광이 점점 커지고 있는 것을 보며 입을 닫고 말았다.

"모든 힘을 검에 집중해도 모자랄 상황에 몸을 보호한다고? 흘흘."

번노언의 목소리가 들렸다.

그러나 홍살마존은 자신도 모르게 고개를 저었다.

번노언은 적우강의 변화를 감지하지 못하고 있는 건가? 어떻게 모를 수가 있단 말인가? 이렇게 멀리서도 확인되는 저 백광의 확산을.

점점 백과 흑의 형상이 가까워졌다.

드드드드—

땅이 흔들리고 사방이 요동을 쳤다.

"헉!"

"서, 서둘러!"

콰콰콰콰!

마죽과 자하검이 아직 부딪치지도 않았는데 요란한 소리가 주위로 퍼졌다.

쩌그적―

무너진 폐장원 안에서 균열이 가는 소리가 났다.

아직 마죽과 자하검은 부딪치지도 않았다.

홍살마존은 굳은 듯 움직이지 않고 있는 자주멸존을 잡아채 재빨리 몸을 날렸다.

"도대체 얼마나 대단한 힘을 모으고 있기에 여기까지 진동이 느껴지는 거지?"

"이상하다."

"뭐가?"

"일장로님의 얼굴을 봐. 마왕현신을 일으키기 위해서는 마죽을 손에서 놓아야 하잖은가. 한데, 놈이 뿜어대는 무시무시한 기운 때문에 마죽을 손에서 놓지 못하고 있어. 저러다가는 마왕현신이 제대로 될 리가 없어."

자주멸존의 해석은 정확했다.

이제 곧 엄청난 충돌이 주위를 파괴할 것이다.

자홍쌍존은 계속해서 물러나고 있었다.

십 장, 이십 장, 삼십 장.

그러나 아무리 멀어져도 적우강과 일장로가 뿜어내는 기운은 바로 옆에 있는 것처럼 자홍쌍존을 도망치게 만들었다.

팍.

"응?"

"무슨 소리지?"

"아직… 으헛!"

아직 부딪치지 않았다고 말하려던 자주멸존이 갑자기 기함을 지르며 더욱 속도를 내기 시작했다.

꾸등— 콰콰콰콰콰!

어마어마한 폭풍이 자홍쌍존을 향해 달려들었다.

거대한 흙덩이들이 괴물의 형상처럼 일어나 두 사람을 쫓아온 것이다.

홍살마존은 급히 옆에 있던 바위를 들어 올렸다.

쿵.

묵직한 충격이 홍살마존의 양손에 느껴졌다.

괴물의 형상을 한 흙더미의 공격이 끝날 때까지 그렇게 있어야 했다.

일다경 뒤.

자홍쌍존은 폐장원으로 돌아왔다.

"……."

"……."

두 사람은 망연자실한 표정으로 서로를 쳐다봤다.

폐장원이 있던 곳이 흔적도 없이 사라졌다. 대신 얕은 분지가 무려 반경 삼십여 장에 걸쳐 이루어져 있었다.

"일장로님과 놈이 안 보인다."

"설마……."

"찾아보자."

자주멸존이 있을 수 없는 일에 대해 말을 하려고 하자 홍살마존이 날카롭게 말을 잘랐다. 그리고는 분지 주위를 빠르게 눈으로 훑으며 곧장 폐장원이 있던 곳을 향해 움직였다.

"어딜 가는 건가?"

"자주멸존, 지하 석실이 있던 곳을 기억하고 있나?"

"수라대공님께서 계시던 곳 말인가? 거긴 왜… 아! 그럴 수도 있겠구나!"

자주멸존은 홍살마존이 지하 석실을 찾는 이유를 물으려다 자신의 이마를 때리고는 곧장 분지 안으로 들어갔다.

스스슷―

자주멸존의 손이 닿은 곳에서 바람이 일어나며 흙들을 치우기 시작했다.

천지쌍마는 형우를 부축하여 폐장원으로 향하는 중이었다. 조금 전에 들린 엄청난 폭음으로 인해 서둘러야 했다.

그때였다.

"저, 저……."

광마가 말을 더듬으며 손으로 점처럼 보이는 인영들을 가리켰다.

"자홍쌍존?"

혈마는 긴장한 목소리로 형우를 재빨리 한쪽에 눕히고 광마와 나란히 섰다.

자홍쌍존이 땅으로 내려섰다.

"응?"

혈마가 홍살마존이 안은 사람을 보며 의아한 표정을 지었다.

"무슨 일이오?"

"대답할 시간이 없다. 폭풍마룡을 챙겨서 빨리 따라와라!"

홍살마존은 대답하는 동안 뒤를 두어 번 돌아봤다.

'뒤를 왜 저렇게 돌아보지?'

혈마는 더욱 의아해지고 말았다.

홍살마존이 보는 쪽에는 폐장원이 있었다.

적우강과 무슨 일이 있었던 것 같은데 자홍쌍존의 얼굴을 봐서는 쉽게 알 수 없었다. 일단은 자홍쌍존의 말을 들어야 했다.

자홍쌍존은 일다경쯤 빠르게 움직이다 사방이 막힌 곳을 찾아내고는 급히 몸을 숨겼다. 천지쌍마 역시 형우를 데리고 그들을 따라 몸을 숨겼다.

"이제 저 사람이 누구고, 왜 도망치듯이 왔는지 알려줘도 되지 않겠소?"

"이분을 몰라보겠느냐?"

홍살마존이 혈마의 짜증에 오히려 반문했다.

"이분?"

혈마는 피범벅이 된 노인의 몰골을 살피다 자신도 모르게 뒤로 물러서고 말았다.

"이, 일… 장로님?"

혈마가 홍살마존을 돌아봤다.

홍살마존은 침음을 삼키며 혈마를 향해 고개를 끄덕였다.

"이, 이분을 누가……."

"놈이다."

이 한마디로 모든 것이 설명됐다.

혈마는 아무 말도 할 수 없었다.

형우를 구하기 위해서 나섰을 때 적우강에게서 느꼈던 그 알 수 없는 느낌. 그것이 다시금 느껴지고 있었다.

"폐장원에 있던 수라대공은 그럼……."

"일장로께서 수라대공님의 상처를 보고 가만히 계셨을 리 없잖느냐. 암흑마도가 와서 모시고 갔다."

홍살마존은 수라대공에 대해 말을 마치고는 갑자기 몸을 부르르 떨었다. 그리고는 마치 실성한 사람처럼 고개를 흔들었다. 자주멸존의 반응 역시 홍살마존과 별반 차이가 없었다.

"홍……."

"수라대공님도 놈에게 당한 게 분명해. 일장로님의 마죽을 막았을 때 알았어야 했어. 마왕현신까지 펼치신 일장로님의 몸을 이 상태로 만들다니… 놈은 악마야, 악마… 으으으……."

"마왕현신!"

혈마의 부르짖음은 당연했다.

번노언을 일장로의 자리에 올려놓은 무공이었다.

마왕현신은 전신 내공을 순간적으로 폭발시켜 마왕과 같은 형상을 만들어내게 할 수 있었다.

그것은 검을 사용하는 자들이 검강을 발하거나 호신강기와는 또 다른 형태의 진화된 무공이었다.

검강과 부딪쳐도 견딜 수 있는 강기로 만든 일종의 갑옷, 강기갑(罡氣鉀)이 그것이었다.

자홍쌍존은 번노언이 마왕현신을 실전에서 사용한 적은 단 한 번밖에 없음을 알고 있었다. 하지만 놀람은 거기서 끝이 아니었다. 번노언이 마왕현신을 펼치고도 패했다는 것이다.

"악마… 그 나이에 어떻게 일장로님의 마왕현신을 깨뜨릴 수 있느냔 말이다!"

홍살마존이 지하 석실로 들어갔을 때 그곳엔 번노언만이 홀로 쓰러져 있었다. 정황상 번노언이 지하 석실로 도망친 것으로밖에는 해석할 수 없었다.

"일단 천으로 돌아갑시다."

혈마는 자홍쌍존을 추슬러 일어나게 한 다음 형우를 부축하려 했다.

"자, 잠깐… 노, 놈은… 마기를 사용했습니까?"

형우가 엉뚱한 말을 꺼냈다.

"마기?"

"놈이… 마기를 사용했습니까?"

형우의 눈은 진지했다.

홍살마존은 생각지도 못한 말에 의아한 표정을 지었다가 뭔가 떠오른 듯 놀란 눈빛이 됐다.

"아! 그러고 보니… 놈이 순간적으로 커진 것… 혹시 수라파천?"

"말도 안 돼! 수라파천은 백색이 아니야."

자주멸존이 홍살마존의 말을 끊으며 부정했다. 하지만 그 이상은 말을 잇지 못했다.

"색만 달라. 그건 분명 백색의 수라파천이었어."

홍살마존은 자주멸존의 말을 부정하지도 인정하지도 않으며 혼자서 웅얼거렸다.

"여, 역시… 놈은 마기를… 쿨럭쿨럭……."

형우는 뭔가를 말하려다 거칠게 기침을 해대며 혼절하고 말았다.

모든 해답을 알고 있는 번노언은 죽음과 같은 침묵을 지킨 채 일어나지 못하고 있었다.

*　　　*　　　*

폐장원에서 무려 몇십 리는 족히 떨어진 곳.

불끈.

한동안 미동도 않던 적우강이 오른손에 쥐어진 자하검을 힘껏 쥐었다.

"살았나……."

번노언의 마지막 무공은 상상을 초월했다.

왜 오른손 바닥이 움찔거렸는지 이해할 수 있었다.

"결국 그 힘이 아니면 안 되는 건가……."

눈으로 확인하고, 다가오는 마죽에 대항하기 위해 진기를 끌어올렸을 때는 이미 늦었다.

몸은 눈보다 빨랐다.

어느새 몸에서 빠져나온 백광이 자하검을 지배하고 있었다. 해남도에선 그토록 나오라고 외쳐도 꼼짝도 않던 힘이 번노언의 마왕현신에 반응해 나온 것이다.

부정했다. 적우강의 의지와 무관하게 마음대로 몸을 지배하려는 백광을 부정했다. 그 힘을 뺀 채 마왕현신에 몸으로 부딪치려 했다.

그 덕분에 지금과 같은 상처를 입고 말았다.

움찔거릴 때마다 전신이 찌릿찌릿했다.

"몸도 아프고, 아직 놈을 내 마음대로 사용할 수도 없지만 놈 역시 더 이상 내 허락 없이는 함부로 나오지 못하겠지. 후후후."

'놈'은 몸속에 잠들어 있다 목숨이 위협받을 때만 나오는 그 백광을 뜻했다.

번노언이 만들어낸 마왕의 형상이 백광과 부딪쳤다가 이내 흩어지는 것까지 기억이 났다. 그리고는 폭풍에 휘말려 이곳에 떨어지고 말았다.

자리에서 일어나야 당백지에게 돌아갈 텐데, 아직 그럴 힘이 없어 정면만 바라본 채 눈만 멀뚱거릴 뿐이었다.

바스락.

정면을 바라보며 누워 있던 적우강의 눈이 옆으로 돌아

갔다.

꽤 많은 인원이 숲에서 걸어나왔다.

전혀 기척을 느끼지 못한 상황이라 적우강은 억지로 몸을 일으켜 그들을 바라봤다.

맨 앞에 선 노인은 기골이 장대하고 눈이 움푹 꺼져 있었다.

"엄청난 상처를 입었군. 자네는 정도인인가, 마도인인가?"

거칠지만 협의가 느껴지는 목소리였다.

"저는 점창파의 장문대행으로 있는 적우강입니다."

적우강은 자신의 의지와 달리 떨리는 목소리를 어쩔 수 없었다. 속에서 신물이 넘어오는 걸 누르며 간신히 말을 끝내고는 벽에 등을 기댔다.

살갗이 차가웠다.

옷이 찢어진 모양이다.

"점창파의 장문대행?"

맨 앞에 선 노인은 적우강의 말이 믿기지 않는지 말꼬리를 올리며 적우강을 위아래로 훑어봤다.

지금 적우강의 행색은 말이 아니었다.

얼굴에는 피곤함이 가득하고 옷은 멀쩡한 곳을 찾아보기 힘들게 찢겨져 있으며, 입가에는 선혈이 굳은 자국까지 나 있었다.

"소문으로 듣기에는 혼자가 아니라고 들은 것 같은데……."

"소문? 누구십니까?"

적우강은 바싹 마른 입술을 떼어내며 물었다.

이들이 마중천의 인물들이 아니란 것은 나타났을 때 이미 알고 있었다.

"나는 정도맹의 청룡, 백호, 주작, 현무 중 현무전을 맡고 있는 종남의 구호라 하네."

"아, 그러시군요."

"껄껄껄. 의외로군. 점창파의 젊은 장문인에 대한 소문은 오는 내내 귀가 따갑도록 들었는데 말이지. 백운산에서 보여준 신위로 천하가 떠들썩한데… 아! 백운산에서 데려갔다던 자들이……."

구호는 기억이 안 난다는 표정을 지으며 물었다.

적우강의 행동이 미덥지 않은 까닭에 일부러 모른 척하고 있는 것이다.

백운산에서의 일을 안다면 그들이 마마사천사라는 것을 모를 리가 없었다.

"마마사천사."

"그렇지, 마마대공의 호위들이라고 하더니 그리 강하지 않왔던 건가? 참, 혼자 있나?"

"일행은 따로 있습니다."

"그래서… 같이 다니지 그랬나."

구호는 적우강이 혼자서 다친 것이라 여기는 표정으로 안됐다는 듯이 혀를 찼다.

적우강은 속으로 쓴웃음을 지었다.

이런 식의 반응은 당가환을 비롯해 많은 명숙들로부터 이미 수차례 겪은 일이기 때문이다.

"구 대협께선 이곳에 어쩐 일이십니까?"

"어쩐 일은! 적 장문인을 도우려 왔지! 껄껄껄. 곧 사천당가의 가주께서 아우들과 함께 도착할 것이네. 기다렸다가 함께 움직이세. 그러는 편이 나을 테니까."

사천당가의 가주란 말에 적우강의 안색이 살짝 변했다. 구호는 그걸 놓치지 않았다.

"껄껄껄. 적 장문인과 사천당가주의 사이가 좋지 않다는 걸 알고 있네. 기회가 좋아. 이참에 오해를 푸는 건 어떤가? 앞으로는 한 식구처럼 지내야 하니 말일세. 어떤가?"

반복되는 구호의 질문은 적우강으로 하여금 더 이상 참지 못하게 했다.

"그 문제는 제가 알아서 합니다."

적우강이 구호의 말을 단호하게 잘랐다.

당가명을 만나는 것은 어려운 일이 아니었다. 하지만 그 결정을 내리는 것은 당백지여야 했다.

"아아, 잠시 기다리게."

구호는 머쓱한 표정을 지었다가 움직이려는 적우강의 앞을 가로막았다. 뒤쪽에서 구호를 지켜보고 있을 사람들의 표정이 절로 떠올랐다.

"그러지 말고 당 가주님과 화해를 하게. 그리고 다 같이 힘을 모아 마중천을 쓸어버리세. 지금 몸 상태가 말이 아니니 좀 쉬고."

"이미 제 대답은 했습니다. 한 가지 더 말씀드리면, 저는 마중천을 쓸어버리려고 하는 것이 아닙니다. 갚아야 할 빚이 있어서 몇몇을 찾는 것뿐입니다."

적우강은 움직이려고 몸을 틀었다가 근육이 찢어지는 것 같은 고통에 인상을 썼다.

"그럼 더욱 잘됐군. 자네는 그 몇몇을 찾고, 우리는 마중천을 쓸고. 어떤가? 껄껄껄."

구호의 말투가 완전히 아랫사람 대하듯 바뀌었다.

"끈질기시군요."

"내가 좀 그렇지. 앞으로 나와 지내다 보면……."

"점창파 장문대행!"

"응? 뭐라고 했나?"

"제 신분은 점창파의 장문대행입니다. 당신이 이래라 저래라 할 입장이 아니란 뜻이지요."

적우강은 신랄한 눈빛으로 구호를 쳐다봤다.

그 기세가 어찌나 강한지 구호는 적우강이 전혀 다치지 않은 사람처럼 보여 순간적으로 몸을 떨고 말았다.

"껄껄… 아, 알았소. 나는 반가운 마음에……."

"그럼."

또다시 돌아서는 적우강의 행동에 구호의 얼굴이 완전히 일그러지고 말았다. 아무리 대단한 무공을 지녔다고 해도 이십대 초반이었다. 이대로 보냈다가는 웃음거리가 되고 말 것이다.

"도도하다!"

구호는 적우강이 돌아서기만 하면 곧장 손을 쓸 기세로 소리쳤다.

"어이쿠, 갑자기 왜들 이러십니까. 적 장문대행, 합심해서 물리쳐야 할 적이 있잖소. 우린 적 장문대행을 도우려고 온 사람들이오. 자, 좀 더 얘기를 나눠봅시다. 세상일이란 게 혼자서 할 수 있는 일이 많지가 않아요. 허허허."

당가명의 독선적인 지휘 때문에 짜증내는 구호를 살살 부추겨 따로 떨어져 나오게 만든 장본인인 청성파의 안금명이었다.

적우강의 고자세가 마음에는 들지 않지만 일단은 유명세를 떨치고 있었다. 적당히 맞춰주다가 필요할 때 슬쩍 나서기만 해도 안금명이란 자신의 이름은 강호인들의 입에 오르내릴 것이다.

"지금 협박하는 겁니까?"

"……"

안금명은 대뜸 코웃음치며 묻는 적우강을 멍하니 바라봤다. 그의 위협 따위가 통할 적우강이 아니었다.

"허허허. 협박은 무슨. 그냥 충고일세, 충고."

"그 충고, 제겐 필요없군요."

적우강은 더 이상 말을 섞고 싶지 않다는 듯 싸늘한 표정을 굳히며 돌아섰다.

사람들은 적우강을 만나기 전까지 좋았던 분위기가 갑자기 싸늘하게 변하자 구호와 안금명을 질책하는 눈들이 됐다.

"건방진 놈 같으니라고!"

구호가 이를 갈았다.

"자자, 구 대협, 화를 가라앉히시지요. 놈이 저런 식으로 나온다는데 우리가 보호해 줄 이유는 없잖습니까? 당 가주께 돌아갑시다."

"도, 돌아간다고… 요?"

"우리가 당 가주와 떨어진 이유가 뭡니까? 놈에 대한 평가가 너무 편중돼서 직접 확인하려고 온 것 아닙니까? 평가를 제대로 내리게 됐으니 이제 당 가주께 알려드려야지요. 그럼 나머지야 당 가주께서 알아서 하실 테지요."

"……."

구호는 속에서 욕지기가 치밀어 올랐으나 안금명의 말대로 하는 것이 유리하다는 걸 알기에 이를 악물고 돌아섰다.

＊　　　＊　　　＊

빛에 반사된 호수 수면의 아름다움이 당백지의 눈으로 들어왔다.

'참 보기 좋다.'

호수에는 적우강이 헤엄치고 있었다.

당백지도 마음 같아서는 함께하고 싶었으나 낭백이 언제 돌아올지 몰라 바라보기만 해야 했다.

적우강이 돌아왔을 때의 모습을 본 당백지는 아무 말도 하지 못했다.

어디 한군데 멀쩡해 보이는 곳이 없었다.

얼마나 놀랐는지 지금 생각해도 심장이 가만히 있질 않았다. 지금은 어느 정도 안정이 된 상태였다.

적우강은 괜찮다는 말을 증명이라도 하듯이 너무 멀쩡히 수영을 하고 있었다.

'이런 곳에서 강 랑과 살면 얼마나 좋을까? 검무도 펼치고

강 랑이 잡아온 고기로 음식도 만들고 또… 아기도 낳고. 호
호호.'

"지 매, 무슨 생각을 그렇게 골똘히 해?"

"아…….."

적우강이 머리를 쓸어 넘기며 당백지를 내려다보고 서 있
었다.

"아무것도… 참! 상처는요?"

당백지는 화들짝 놀라며 얼버무리려다 퍼뜩 적우강의 상
처를 생각하고 소리쳤다.

"하하하. 괜찮다고 했잖아. 옷이 좀 찢어졌을 뿐이야. 그건
그렇고… 지 매, 너무 빤히 보는 거 아니야?"

"예? 어머!"

당백지는 재빨리 손을 들어 눈을 가렸다.

적우강이 바지만 입고 아직 상의를 입지 않고 있었다.

'정말 상처가 없네?'

당백지는 눈으로 확인하고서야 활짝 웃었다.

적우강이 멀쩡하게 말하고 웃는 모습이 그토록 신기할 줄
몰랐다.

"……."

당백지의 웃는 모습을 보며 적우강은 낭백이 가져온 새 옷
을 조용히 들어 올렸다.

"지 매, 할 얘기가 있어."

당가명에 관한 얘기를 하려는 것이다.

"예? 뭔데요?"

"지 매의 아버님에 관해서야."

"제 아버지……."

놀라는 당백지의 표정을 보며 적우강은 주저하다 다시 입을 열었다.

"별건 아니고. 이곳으로 오다가 우연히 정도맹 사람들을 만났어. 지 매의 아버님이 당가의 식솔들과 함께 근처에 있다고 하더라고."

"이번엔 아버지인가요? 숙부와 오빠만으로는 부족하대요?"

당백지는 적우강의 말이 끝나기도 전에 눈물부터 그렁거렸다.

"지 매, 만나보자."

"싫어요."

"옷을 갈아입으니까 훤하지 않아? 하하하."

당백지에게 말을 돌리는 적우강의 웃음이 듣기 좋을 리 없었다.

"당가는 이제 더 이상 제 집이 아니에요. 삼 년 전에 그렇게 결심한 걸 알잖아요."

"그건 지 매의 결정이었지."

"……."

당백지는 적우강이 이상하게 보였다.

화산에서 당가환과 싸워야 했을 때 일부러 당백지를 모른 척했던 사람이 맞는 건가?

당백지의 오빠, 당백룡으로 인해 분노가 극에 달했을 때 당백지의 외침 한마디에 손을 거두던 그 사람이 맞는 건가?

적우강의 고집은 완강했다.

"아버지는 강 랑을 용서하지 않을 거예요. 아니, 그렇게 하도록 오빠가 만들었을 거예요. 지금 만나봐야 오히려 더 나빠져요."

아버지가 보고 싶지만 강 랑과 싸우는 걸 보고 싶진 않아요.

적우강은 당백지의 말속에 담긴 감정이 들리는 것 같았다. 당백지의 눈을 통해 전해지는 느낌이었다.

"아니, 지금이 가장 좋아."

"강 랑, 숙부님과 오빠와 그렇게 다투고도 그런 말이 나와요? 싫어요. 나는 숙부와 오빠를 용서할 수 없어요."

"용서 못하는 가족은 없어."

"그 두 사람은 가족이 아니에요."

당백지는 완강히 거부했다.

조금이라도 흔들리면 적우강이 당가명을 찾아갈까 봐 눈에 힘까지 주었다.

"후회하지 않겠어?"

"후회 안 해요."

"알았어, 그럼 가자."

"예?"

"얘길 들으니까 지 매가 만나고 싶은 두 사람은 없는 것 같더라고."

"강 랑……."

당백지는 돌아서는 적우강에게 다가가 등을 안았다.

그러나 적우강의 이런 결정은 당연한 것이었다.

당백지를 만나기 전까지 적우강의 가족은 사형제들이 전부였다. 그것은 적우강을 무척 외롭게 했다. 당백지에겐 그런 외로움을 느끼게 하고 싶지 않았다.

문득 사형들이 그리워졌다.

'사형들은 잘 있으려나…….'

*　　　*　　　*

사천성.

마도인들이 구자귀와 가대건이 굳건히 지키고 있는 점창

파를 노리고 한자리에 모였다.

차광은 족히 이백 명은 넘어 보이는 구궁마룡대의 검은 행렬에 자신도 모르게 기운이 났다.

선두에 선 구궁마룡대주 관창의 날 선 눈에서는 쉴 새 없이 살기가 흘러나오고 있었다.

"나는 구궁마룡대주다. 앞으로 너희들에게 모든 명령을 내릴 사람이지. 지금 즉시 너희들은 점창파로 떠나라. 아미파와 청성파에 들키지 않도록 조심해라."

"관 대주께서는……."

"나는, 내가 알아서 한다."

관창의 싸늘한 대답에 차광은 할 말을 잃고 조용히 마도인들에게 행로를 알려주었다.

두두두두—

지축을 뒤흔드는 소리는 산길을 달리는 십여 대의 마차가 내는 소리였다.

"저건 뭐냐?"

이목을 피하기 위해 일부러 산길을 택했건만 공교롭게도 표국의 마차가 지나가는 길이었던 모양이다.

차광은 당황해서 손으로 마차를 가리키고는 다시 손목을 열십자로 교차시켜 '마차가 다닐 리가 없다'는 것을 알리려 했다. 하지만 그런 행동은 관창을 답답하게 만들 뿐이었다.

퍽.

관창은 차광을 그대로 걷어차 버리고는 마인들에게 공격하라는 신호를 보냈다.

그러나 공격 명령이 떨어졌음에도 마인들은 움직이지 않았다.

"과, 관 대주님!"

"뭐냐, 왜 공격을 안 하는 거냐?"

"마차가 멈췄습니다."

"응?"

관창이 아래쪽을 내려다보자 정말로 마차가 멈춰 섰다.

"대주님, 저건 금황표국의 마차입니다."

걷어차였던 차광은 비굴하게 웃으며 대답했다.

"그런데?"

"그런데… 가 아니라 천에서도 금황표국에 자주 일을 맡기고 있습니다. 괜히 저 마차들을 건드렸다가 관 대주님의 지시였다는 것이 알려지면 위에서 가만히 있지 않을 겁니다."

관창은 차광의 말에 잠시 고민하는 표정이 됐다.

그러나 이미 내친걸음, 물러설 수 없었다.

"모두 싹 쓸어버리면 상관없다."

관창의 명령이 떨어지자 마인들이 일제히 마차로 몰려가기 시작했다. 하지만 그것은 마인들에게 있어 불행한 일이었다.

덜컹.

마차 한 대당 네 명씩, 총 열 대에서 사십 명이 밖으로 나왔다. 그들은 금황표국의 일급표사들과 하오문의 고수들, 그리고 은하전장에서 사들인 낭인고수들이었다.

"끄아악!"

"컥!"

마차로 다가가던 마인들이 갑자기 목과 배를 움켜쥐며 바닥을 나뒹굴다 죽어갔다.

"마차에서 암기가 나……."

관창이 경고하려 했을 때는 이미 암기와 무인들에 의해 삼분지 일이나 죽은 후였다.

"쯧쯧쯧."

관창은 대놓고 혀를 차는 목소리에 놀라 고개를 돌렸다.

"누구냐!"

"나? 가대건."

"가대건?"

관창의 눈이 차광을 향했다.

차광도 들어보지 못한 이름인지 고개를 가로저었다.

"어디 보자… 삼백 명이 좀 안 되려나? 그래 봐야 실력이 괜찮은 놈들은 일 할도 안 되는군. 너희들 둘만 죽이면 대충 장문인의 뜻은 전해지겠네."

"자, 장문인?"

가대건의 말을 듣고 있던 관창이 어리둥절한 표정을 지었
다.

"그래, 장문인. 너희들이 밟고 있는 땅의 주인이시지. 점창
파의 장문인께서 다시는 사천 땅에 마인들이 얼씬거리지 못
하게 하라고 엄명을 내리셨거든."

"······!"

관창은 자신있게 말하는 가대건을 쳐다봤다.

숫자로는 상대도 안 되는 차이였으나 가대건에게선 여유
가 넘쳐흘렀다.

"네 별호는?"

"백갑."

"백갑? 백갑!"

관창은 백갑이란 말만 들었다가 '백갑과 묵투'를 떠올리
고 소리쳤다.

그제야 왜 마중천에서 구궁마룡대를 이곳으로 보냈는지
알 것 같았다. 말썽을 일으키는 점창파의 힘이 어느 정도인지
알아보기 위해 간을 볼 희생양이 필요했던 것이다.

"끄아악!"

"컥!"

가대건은 아직 움직이지 않았지만 구궁마룡대 뒤쪽이 무너지고 있었다. 하오문과 금황표국의 무사들이 구궁마룡대를 베어 넘기고 있는 것이다.

"저들이 저 정도의 실력을 감추고 있었단 말인가?"

"경고를 무시한 너희들은 오늘 이 자리가 무덤이 될 것이다. 다시는! 점창파의 영역에 발을 들여놓지 마라. 오늘 이후부터는 이런 경고도 없을 테니. 크하압!"

가대건은 내공을 실어 소리를 치고는 양손을 휘두르며 구궁마룡대를 몰아붙이기 시작했다.

第十章
잠룡들

따닥— 따다닥—

폭죽이 터지며 사람들이 열광했다.

시전을 뒤흔드는 폭죽 소리에 따라 탈춤이 한창인 까닭이다.

용의 탈이 커다란 눈을 껌벅이며 먼지를 일으켜 마치 구름을 날아오르는 것처럼 사람들의 흥을 돋웠다.

"우와!"

소년은 탈춤을 바라보며 신기한 눈이 됐다.

그 옆, 헌앙한 기품의 한 청년이 서 있었다.

삼 년의 시간은 소무백을 완전한 무인으로 만들기에 충분한 시간이었다.

　소년은 소무백에겐 사숙이 되는 진명 진인의 손자인 영현이었다.

　'남쪽에는 마중천의 고수들을 상대하기 위해 칠대문파의 제자들이 파견됐다고 하던데 나는 한가로이 사질에게 탈춤 구경이나 시키고 있구나.'

　소무백은 자신의 처지가 한심한지 절로 쓴웃음이 흘러나왔다.

　"사숙, 도대체 오늘이 무슨 날이기에 시장이 이토록 시끄럽죠?"

　"응? 글쎄다. 계절이 바뀔 때마다 열리는 행사겠지."

　"다들 열심이네요. 마중천의 마인들이 세상을 어지럽힌다고 하던데 여기는 천국이에요."

　"곧……."

　"예?"

　"아니다."

　소무백은 곧 이곳도 그리 될 날이 멀지 않았다고 하려다 말을 멈추었다. 사질에게 그런 말을 한다는 것이 얼마나 잔혹한 일인지 잘 아는 까닭이다.

　"사숙, 우리 저리로 가요."

"어? 영현아, 거기 서거라."

영현은 소무백이 말릴 사이도 없이 한쪽으로 달려갔다.

"우헬헬, 정말 총명한 도련님이시구려. 이걸 달고 뛰어다니면 잃어버릴 염려는 없겠구면."

키가 작고 주름이 유난히 많은 노파가 덜덜 떨리는 손으로 조그만 방울을 영현에게 건넸다.

어느 시장에서나 흔히 볼 수 있는 대수롭지 않은 광경이었다.

그때, 영현이 잡으려는 방울을 가로채는 손이 있었다.

"흘흘. 잘생긴 도련님, 그 방울은 손으로 잡는 것이 아니네."

"어? 할아버지! 그건 내가 선물받은 거예요!"

영현이 방울을 가로챈 노인에게 달려들어 소리쳤다.

그제야 상황을 지켜보던 소무백의 눈빛이 변했다.

방울을 뺏은 노인의 행동이 이상했다.

"흘흘. 혈령파파의 소령은 함부로 다룰 물건이 아니라니까 그러는구나."

노인의 말에 노파는 안색을 굳히며 소무백을 돌아봤다.

"혈령파파!"

소무백은 깜짝 놀랐다.

혈령파파는 독으로 유명한 마도의 천독궁이란 곳에서도

가장 잔혹한 천독사혈 중 한 명이기 때문이다.

"천독사혈을 알고 있으면서 나서? 간덩이가 부은 작자구나."

혈령파파의 곁에 있던 소녀의 입에서 험악한 말이 쏟아졌다. 소녀의 손에 들려 있던 흑화가 영현을 향해 있었다.

소녀는 혈령파파의 제자인 모모소녀였다.

'아차!'

소무백은 그제야 급히 소녀를 막으려 했으나 이미 흑화의 꽃송이는 영현을 향해 날아가고 있었다.

"으허헝! 나는 꽃이 좋아. 그걸 내게 줘."

갑자기 터져 나온 곡소리와 함께 흑화의 꽃송이가 거대한 머리를 가진 괴인의 입으로 빨려 들어갔다.

혈령파파와 모모소녀의 합공이 실패하자 시장에 있던 상인들 중 두 사람이 돌변하며 일제히 영현을 공격해 갔다.

그러자 기다렸다는 듯이 또 다른 상인들이 움직였다.

그들은 영현을 향해 날아가는 거대한 관을 등으로 받았다가 피를 토하며 날아갔고, 독침을 연거푸 뿜어대는 자를 향해 망토를 휘두르며 몸을 날렸고, 비단을 칼날처럼 만든 자에게는 조를 낀 손으로 달려들어 비단을 찢어댔다.

"컥!"

"으아아!"

순식간에 일어난 일이었다.

소무백은 도와준 사람들의 실력이 공격한 자들과 엇비슷함을 파악했다. 곧장 영현을 옆구리에 낀 후 천독사혈을 향해 검을 휘둘렀다.

아주 평범한, 그렇지만 그들이 전력으로 막아도 어쩔 수 없는 강력한 힘을 실어서.

쿠콰콰!

굉음은 연속해서 두어 번 일어났다가 조용해졌다.

"헐헐. 역시 무당의 소무백답군."

"저를 아십니까?"

"모를 리가 있나. 자네 때문에 왔는데. 헐헐."

"저 때문에 오셨다고요?"

"저들이 무당산으로 움직였다고 하더군. 천독궁에서 무당산에 올 일이 뭐가 있겠나? 옳다구나 하고 달려왔네. 충분히 알아서 처리할 수 있겠지만, 이렇게 하면 자네가 우리에게 신세졌다고 여길 것 같아서 나섰네. 헐힐."

노인은 엉뚱한 말을 하고는 영현을 도와준 다른 사람들을 부축하며 일으켜 세웠다. 일어난 사람들은 너무도 자연스럽게 시전 사람들과 하나가 됐다.

"대협, 이름이라도 알려주십시오."

"헐헐. 그런 게 뭐가 중요하나. 정 고마움을 표시하고 싶거든 총호법을 한 번 찾아가 보게."

"총호법이라니요?"

"자네를 노리는 자들이 움직인 걸 눈감고도 아는 분이 있
네."

'내가 무당산을 내려왔다는 걸 알려면 적어도 나의 일거수
일투족을 살피고 있어야 가능하다. 그 정도의 정보력을 가진
곳이라면…….'

소무백의 머릿속에 제일 먼저 떠오른 이름은 정도맹도, 마
중천도 아니었다.

"하오문?"

"잘 아는군. 저들은 내 부하들일세. 독이 묻은 방울을 만질
수 있는 손은 흔치 않지. 노부는 만독수 아회라고 하네."

"아!"

만독수 아회라면 상당한 고수였다.

소무백은 그런 사람이 하오문에 속해 있을 줄은 상상도 하
지 못했다.

'사람들은 하오문을 너무 무시하고 있었구나.'

"이런, 한 가지를 알려줘야 한다고 했는데. 하오문과 금황
표국, 은하전장은 점창파를 지지한다네. 천잔수 총호법께선
자네에게 이렇게만 말하면 될 거라고 하시더군."

"점창파……."

소무백은 한동안 멍한 눈이 됐다.

아회가 말한 세 곳은 정과 마 어디에도 속하지 않지만 천하 곳곳에 존재하는 세력들이었다.

그러나 그 세 곳보다 마지막 말이 소무백을 멍하게 만들었다. 바로 점창파란 말이었다. 그곳에는 잊지 못할 사람이 한 명 있었다.

점창파 장문대행 적우강.

소무백이 정신을 차렸을 때 아회는 이미 사라진 후였다.

딱― 따닥― 딱―

시전의 행사가 다시 시작됐다.

"영현아, 돌아가자. 이 사숙이 해야 할 일이 생긴 것 같구나."

"예."

영현은 소무백의 변화를 보며 고분고분해질 수밖에 없었다. 소무백은 원래도 멋있었지만 지금은 더욱 멋있게 변한 까닭이다.

소무백의 눈에서 빛이 번득였다.

드디어 지난 삼 년간 익힌 태극혜검을 펼칠 상대가 나타났다.

무당산으로 돌아가는 소무백의 모습을 확인한 아회는 한

숨을 내쉬며 하늘을 쳐다봤다.

"소림과 화산도 총호법의 뜻을 잘 전달했겠지. 세 잠룡을 움직이는 것이 곧 소림, 무당, 화산을 움직이는 것이니 어느 정도 된 것 같고."

아회가 혼잣말을 하는 동안 시전으로 스며들었던 장한 중 한 명이 다가가 아픈 시늉을 했다.

"분타주님, 죽는 줄 알았습니다."

"그래도 성가시게 굴던 천독궁이 무당에 의해 제거될 테니 나쁠 건 없잖느냐. 껄껄."

"거야 그렇지만요. 헤헤."

백치처럼 웃는 장한을 보자 아회는 자신도 모르게 환하게 웃고 말았다.

그가 데리고 있는 문도들은 모두 착했다.

강호에서 선택받지 못한 자들이 모이는 곳이 바로 하오문 이었다.

"적 장문인이 대단하긴 해."

"대단하죠."

장한은 아회가 한 말의 뜻도 모르면서 습관적으로 맞장구를 쳤다. 아회는 '에잉' 하며 혀를 차고는 생각을 이었다.

'백갑과 묵투는 찬마흑살대를 전멸하고, 적 장문인은 가히 절정고수들이라 할 수 있는 마마사천사를 제압하고. 이들이

어디까지 갈지 궁금해.'

육십 평생 살아오며 강호의 일은 남의 일이라는 생각하며 살아온 그였다. 하지만 적우강이 등장하면서부터 지금까지의 하오문으로서는 생각지도 못한 일들이 마구 일어나고 있었다.

정도와 마도, 어디에서도 대접받지 못하던 하오문이 정도를 대표하는 무당의 잠룡 앞에 나선 것이다.

이 모든 일의 중심에는 적우강이 있었다.

그가 점창파를 재건하겠다고 마음먹는 순간 강호의 시선이 바뀐 것이다.

*　　　*　　　*

불과 두 달 만에 강호를 떠들썩하게 만드는 소문.

남쪽 끝에서 시작된 한 청년의 행보에 천하의 이목이 집중되고 있었다.

청년의 첫 싸움은 귀주성 포구에서 시작됐다.

앙천오제와 수백 명의 마도인들이 청년에게 무릎을 꿇었으며, 그중에는 마중천 장로의 제자도 한 명이 있었다.

폭풍마룡 형우.

더욱 놀라운 사실은 청년이 바로 마마대공에 의해 멸문됐던 점창파의 장문대행이며, 삼 년 전에 군웅대회 결승에서 감쪽같이 사라졌던 수라검귀라는 것이다.

"수라검귀!"

올라온 서찰을 잃던 마마대공의 눈에서 불꽃이 튀었다.

"그랬구나. 백운산에 보낸 마마사천사를 데리고 사라진 놈도 너고, 해남도로 보낸 암영과 앙천오제를 죽인 놈도 너로구나!"

마마대공은 그동안 곽일비의 소식에만 집중했지 다른 보고는 등한시했다.

"만결수라, 수라대공이 어제 입천했다고 했느냐?"

마마대공이 허공을 향해 물었다.

"쿵. 그렇습니다."

만결수라는 모습을 드러내지 않고 대답했다.

"그래, 그랬던 거군."

마마대공은 고개를 끄덕였다.

뭔가를 알아낸 것 같은 표정.

만결수라의 호기심을 자극하기에 충분한 행동이었다.

"쿵. 쿵쿵. 수라대공과 그 보고와 무슨 연관이라도……."

"……."

"대공, 내게는 그분께 보고해야 할 책임이 있습니다."

"내가 보낸 부하들이 모두 죽었다. 또, 곽일비에 대한 소식은 지금까지 전해지지 않고 있다. 이런 상황에서 수라대공이 입천했다는 보고를 받았단 말이다. 게다가 천을 떠난 흔적도 없이 들어왔다. 뭔가 이상하지 않느냐, 만결수라?'

어둠 속에 몸을 감추고 있는 만결수라는 아무 대답도 하지 않았다. 평소의 마마대공이라면 저와 같은 말을 해줄 위인이 아니었다.

'마마대공이 저러는 데엔 이유가 있다. 뭐지? 수라대공이 뭔가를 꾸미고 있어서라고? 지나가던 개가 웃을 일이다. 수라대공뿐만 아니라 광혼대공과 철혈대공은 이미 음모를 꾸미는 데 있어 귀신들이란 건 모르는 사람이 없다.'

'후후후. 많이 머리를 굴려라, 만결수라.'

만결수라의 침묵은 마마대공에겐 기쁨이었다. 아직 풀리지 않은 부분은 남아 있었다. 하지만 그거야 수라대공을 만나보면 알게 될 것이다.

'수라대공은 나갈 때 혼자였을 것이다. 그러니 아무도 몰랐겠지. 함께 들어온 자를 찾아야 한다.'

마마대공은 부하들을 시켜 수라대공과 함께 들어온 자를 수소문하다 놀라운 사실을 알게 됐다.

사대대공의 일거수일투족에 비녀와 종이 따라다닌다. 그 날도 어김없이 비녀는 수라대공의 침소를 정리하고 돌아가던 길이라고 했다.

"수라대공님의 처소로 두 사람이 들어가는 걸 봤어요. 그분이 수라대공님이신 줄은 꿈에도 몰랐죠. 키가 크고 단단한 몸에 검은색 옷을 입은 분이 거대한 몸집의 남자를 안고 들어갔어요."

키가 크고 단단한 몸에 검은색 옷을 입었다. 그는 분명 수라대공의 호위인 암흑마도(暗黑魔刀)였을 것이다.

그렇다면 당연히 몸집이 커다란 자가 수라대공이란 뜻이었다. 하지만 어떻게 그런 일이 있을 수 있단 말인가? 수라대공은 마중천 안에서만 해도 서열 십위 안에 드는 초고수였다.

그런 그가 다쳐서 돌아왔다?

수라대공의 처소로 가봐도 암흑마도가 막고 있어 안으로 들어갈 수도 없었다.

"쿵. 쿵쿵. 부르셨습니까, 마마대공님?"

어둠 속에서 듣기 싫은 콧소리와 함께 만결수라의 목소리가 들려왔다.

"한 가지 알아봤으면 하는 일이 있어서 불렀다."

"쿵. 지금 제게 일을 시키겠다는 말씀이십니까? 저는 마마대공님의 수족이 아닙니다."

"안다. 하나 너도 내 말을 들으면 알아보고 싶을걸?"

"……?"

"수라대공에 관한 일이다."

"관심없습니다."

"뭐?"

"저는 다른 대공들의 일에는 관심없습니다. 오직 마마대공님의 일에만 관심을 두지요. 쿵. 쿵쿵."

만결수라의 반응이 평상시와 달랐다.

마마대공은 인상을 쓰며 고갯짓으로 만결수라를 쫓아버렸다. 만결수라의 기가 사라진 것을 느끼고서야 의자에 등을 기댔다.

'일장로의 행방을 알아야 한다. 수라대공이 어딜 갔는지, 왜 그런 모습으로 돌아왔는지 알려면 그 수밖에 없어.'

딱.

마마대공이 손가락을 튕기며 소리를 내자 밖에서 흔히 볼 수 있는 비둘기 한 마리가 날아와 손에 앉았다.

<u>스스스.</u>

손가락이 종이 위를 지나가자 글씨가 써지더니 그걸 말아서 비둘기 다리에 묶고 날렸다.

"만결수라, 암영과 마마사천사를 잃었다고 내 수족이 다

끊긴 줄 안다면 오산이다. 내겐 사형제들을 움직일 방법이 있
거든."

마마대공은 대공이 되지 못한 십대장로의 제자들 중 여섯
명을 알고 있었다.

실력만 놓고 보면 결코 대공이 되기 전의 마마대공에 못지
않은 실력자들.

그들을 지금 움직이려는 것이었다.

일장로의 모진 결정만 아니었어도 천에서 지낼 수 있었던
그들이었다.

"눈에 불을 키고 찾겠는 걸? 크크크."

                    *   *   *

날이 너무 좋았다.

햇살은 적우강의 눈을 집요하게 괴롭혔다.

"이럴까 봐 일부러 빛이 안 들어올 곳에 잠자리를 만들었
는데……."

적우강은 일어나자마자 옆자리의 당백지를 찾았다.

당백지가 자리에 없었다.

"저길 봐요, 강 랑."

당백지가 바람을 피하기 위해 가져온 나무에 앉아 어딘가

를 가리켰다.

"일찍 일어났네?"

"쉿."

당백지는 재빨리 손가락으로 입을 가리고는 조용히 숲 한 쪽을 가리켰다.

노루 한 마리가 풀을 뜯고 있다 적우강의 목소리에 놀라 고개를 들고 있었다.

"호호호. 귀엽죠?"

당백지는 노루의 착한 눈동자가 뭐 그리 웃긴지 소리내어 웃었다.

'어제 그토록 흥분하더니 이젠 괜찮아진 건가?'

하룻밤 만에 달라진 당백지의 표정에 놀라 적우강은 잠시 할 말을 잃고 말았다.

"왜요, 나는 웃으면 안 되나요?"

"아, 아니, 그게 아니고."

"피."

당백지는 금새 새침한 표정으로 돌아서더니 머리를 매만지며 자리에서 일어났다. 당백지의 얼굴이 지나치게 환했다.

"괜찮아, 지 매?"

"그럼요."

대답은 시원하게 했지만 당백지는 지난밤에 거의 잠을 이루지 못했다.

당가명은 완고한 가부장적 사고를 가지고 있었다.

모든 결정은 남자가 하며 여자는 남자의 결정을 따르면 되는 것이다. 이것이 당가명의 생각이었다.

당백지는 이미 당가를 떠나 적우강의 아내로 살겠다고 결심했다. 하면 적우강의 결정을 믿고 따라야 하는 것이다.

문득 든 엉뚱한 생각 덕분에 당백지는 마음이 홀가분해졌다. 그 생각 이후로는 당가명을 만나는 것이 전혀 두렵지 않았다.

"곧 만나게 될 거야."

"어? 토끼다!"

"……?"

당백지가 갑자기 펄쩍 뛰며 숲으로 달려갔다.

당가명의 얘기가 나왔는데도 저런 엉뚱한 행동을?

적우강은 의아한 표정으로 당백지의 행동을 지켜봤다. 그녀의 무공이면 어렵지 않게 산토끼를 잡을 수 있을 텐데 일부러 열심히 뛰어다니고 있었다.

"저 토끼 잡아서 아침을 해결해요. 내가 요리할 테니 강 랑과 낭 대협은 잠시만 기다려요."

당백지는 소매까지 걷어붙이며 열심히 산토끼를 쫓아갔다. 그 모습에 적우강과 낭백은 어깨를 으쓱하고 말았다.

불을 피우고 돌이 다 덥혀질 때가 돼서야 당백지는 승자의
미소를 지으며 토끼를 잡아왔다.

적우강은 웃으며 잘 손질해서 돌 위에 올렸다.

맛있는 소리를 내며 토끼고기가 익어갔다.

"먹어봐요, 강 랑. 아……."

당백지는 고기를 한 점 돌에서 떼어내 적우강에게 건넸다.

적우강은 소금도 없이 밍밍한 고기를 오물오물 씹어서 삼
킨 다음 엄지손가락을 들어주었다.

"호호호. 거봐요, 내가 굽길 잘했잖아요."

"응. 맛있어. 지 매도 한 점 먹어봐."

적우강이 고기를 한 점 떼어내 당백지에게 먹여주었다.
처음엔 기대감에 오물거리던 당백지의 표정이 점점 안 좋
게 변했다. 그러더니 기어코 씹던 고기를 한쪽에 뱉고 말았
다.

"윽. 퉤."

"하하하."

"처음 하는 요리가 그렇죠, 뭐!"

"누가 뭐랬어?"

"피."

당백지가 토라진 표정으로 고개를 돌렸다.

"난 맛있던데."

"혼자 다 먹어요."

"그럴까, 그럼……."

적우강은 오물거리며 토끼고기를 계속해서 씹었다.

낭백도 다가와 한 점 떼어내 같은 자세로 먹기 시작했다.

두 사람의 모습이 보기 좋았는지 당백지는 다시 한 번 시도했다. 하지만 이번엔 조금 전보다 더 빨리 뱉고 말았다.

"하하하."

"크크큭."

적우강과 낭백이 당백지의 모습에 흐드러지게 웃었다. 결국 당백지의 식사는 적우강이 잡아온 물고기로 대신하고 말았다.

식사를 마친 적우강과 당백지는 서로의 등을 기댄 채 반대쪽을 바라보고 앉아 있었다.

"앞으로도, 아니, 죽을 때까지 이렇게 있었으면 좋겠어요."

당백지의 목소리가 적우강의 등을 울렸다.

적우강에겐 충분히 기분 좋은 진동이었다.

그러나 숲 저편에서 거칠게 달려오는 소리를 신경 쓰느라 대답하지 못했다.

"뭐라고 말 좀 해… 어머!"

당백지가 대답을 기다리다 재차 입을 열었다. 하지만 적우강은 대답 대신 그녀의 등을 피하며 돌아앉았다.

엉겁결에 당백지의 머리가 적우강의 무릎을 베고 말았다.

"어어······."

적우강은 당백지의 머리를 편하게 받쳐 주며 머리칼을 가만히 쓸어주었다.

"주군, 처리할까요?"

낭백의 서늘한 시선이 숲을 향했다.

아까부터 누군가가 다가오는 것을 알면서도 적우강의 명령을 기다리느라 모른 척하고 있었다. 하지만 적우강이 끝까지 아무 말도 안 하자 나설 수밖에 없었다.

"아니. 이쪽으로 곧장 오고 있어. 우리가 이쪽에 있다는 것을 아는 사람이야."

적우강의 말이 끝나기 무섭게 숲을 헤치고 한 사람이 나왔다. 그는 보통 체격에 특징 없는 얼굴을 한 사십대의 사내였다.

"저, 적 장문인··· 헉헉··· 어, 어서 빨리··· 지, 지금 위, 위험··· 헉헉······."

"조승?"

나타난 인영은 적우강도 잘 아는 자로 적우강과 함께 표물 운반까지 했던 자였다.

"싸, 싸움··· 대규모 싸움이··· 곧··· 어서··· 지금까진 당 가주 덕분에 괜찮지만 곧 위험해질 것이오."

"위험?"

"육대마왕이라고… 적 장문인은 들어본 적이 없을 거요. 마중천의 사대대공… 들지 못한 십대장로의 제자들… 그중 가장 난폭한 여섯… 명이 그들이오."

"육대마왕?"

적우강은 그제야 조승이 금황표국의 표두 외에 다른 신분이 있음을 짐작했다. 그런 것을 아는지 모르는지 조승은 다시 입을 열었다.

"그중 한 명이 수라정벌단 이백여 명을 부리며 정도맹… 당가주가 주축이 된 그들을 몰아붙이고 있소."

"당가주!"

적우강의 눈빛이 변했다.

"가, 가요, 강 랑."

당백지는 당가명이 위험에 처했다는 말에 놀라 다섯 자루의 검을 꼭 안은 채 발길을 재촉했다.

"방향만 알려주시오."

적우강은 당백지의 급한 마음을 알고 조승과 따로 움직이는 것이 낫겠다 싶었다.

"아! 이 방향으로 곧장 남서쪽으로 가면 싸우는 소리가 들릴 것이오."

조승은 기다렸다는 듯이 빠르게 말했다.

말이 끝나기도 전에 적우강은 당백지의 허리를 안고서 바람처럼 날아갔다.

"휘유…….."

그 모습에 조승은 넋을 놓고 쳐다보다 걸음을 멈췄다. 불과 몇 달 전만 해도 표물을 운반하며 농담까지 주고받던 사이였으나 지금은 완전히 다른 사람이었다.

"너는 안 가?"

"……!"

소름이 쫙 끼치는 목소리였다.

낭백이 조승을 의심스러운 눈으로 쳐다보고 있었다.

"그, 그게… 제 역할은 여기까지라……."

"역할? 여기까지?"

"하오문의 총호법께서 싸움이 일어나기 전에 적 장문인께 알리라고만……."

"그럼 아직 싸움이 일어나지 않았다는 뜻이냐?"

"예? 예, 그렇습니다."

조승은 말을 다하고서도 낭백의 허락을 기다리며 움직이질 못했다.

"가라."

"가, 감사합니다."

조승은 심장 부위를 주무르며 잽싸게 내달렸다.

　　　*　　　*　　　*

　조승이 말한 이백 명은 어젯밤에 조사한 인원이었다.

　아침이 되자 수라정벌단은 삼백 명이 넘어 있었다.

　아무리 고수들이라고 해도 이 인원을 상대하기 위해서는 고전을 해야 했다. 더구나 이 중에는 제법 실력이 되는 자들도 포함되어 있어 정도맹의 무인들은 긴장한 표정을 여과 없이 드러냈다.

　그러나 한 사람만은 태평했다.

　검은 얼굴에 단정한 옷차림을 하고 육십대의 나이지만 사십대의 외모를 지닌 사천당가의 가주 당가명이었다. 아무리 평범한 수법도 그가 펼치면 절세의 독공이 되어버리는 독공의 대가였다.

　"케케케. 역시 당 가주야."

　당가명과 마주 선 사내는 커다란 덩치를 자랑하듯 배를 두드리며 길게 땋은 머리를 흔들어 해골 문양의 귀걸이에 부딪쳤다.

　육대마왕 중 한 명인 오합마(五合魔) 파달.

　사지에 몸통을 합해 오합.

　그의 몸통 공격은 내공과 상관없이 모든 것을 부순다고 전해졌다.

"가주님, 제가 처리하겠습니다."

"자네는 저자가 누군지 아는가? 오합마 파달이란 자일세. 마중천 십대장로의 제자였던 자지. 그래도 해보겠는가?"

"저는 천수독장입니다."

천수독장 당가인.

당가명의 육촌 아우로 별호에서도 알 수 있듯이 손속이 잔인했다. 지금까지 그가 상대한 적들은 모두 한 줌의 독수로 녹아버렸다.

"뭐야? 네가 나선다고?"

파달이 실망한 표정을 지었다.

"너 같은 이무기를 가주님께서 직접 상대하는 건 내가 용납할 수 없다. 오너라, 너를 시작으로 이곳에 있는 놈들을 모두 녹여줄 테니."

당가인은 자신만만하게 앞으로 한 발 나섰다.

이미 그의 손은 검게 물든 후였다.

닿지 않아야 이길 수 있는 무공과 부딪쳐야 이길 수 있는 무공의 대결.

두 사람이 동시에 움직였다 싶은 순간 거대한 폭음이 사방을 울렸다.

쾅!

'음? 안 떨어진다?'

싸움을 지켜보던 당가명의 눈에 이채가 번득였다.

부딪쳤으면 당연히 물러섰어야 하는 파달이 오히려 당가인의 손을 향해 짓쳐 들었기 때문이다.

당가인은 당황해서 연거푸 장력을 뿌렸다.

펑! 펑!

"케케케. 그따위 독, 내게는 안 통한다. 얼마든지 때려보아라."

파달은 정말로 독의 영향을 전혀 받지 않는지 연속해서 당가인의 독장을 몸으로 받아냈다.

펑!

"......!"

당가인은 아무렇지도 않게 자신의 독장을 받아내는 파달을 보며 얼굴을 일그러뜨렸다.

그러나 그것도 잠깐, 갑자기 파달이 양손을 들어 당가인의 머리가 파리라도 되는 양 부딪쳐 온 것이다.

팡!

"헉!"

당가인은 갑작스런 공격에 깜짝 놀라 파달의 손을 피했다. 그때였다.

쾅!

지축을 울리는 굉음과 함께 일단의 수라정벌단 마인들이

사방으로 날아갔다.

당가명의 시선이 그쪽으로 향했다.

"수, 수라검귀!"

"분명히 다쳤는데⋯⋯."

당가명의 뒤쪽에서 구호와 안금명이 소리쳤다.

적우강을 자신들의 편으로 만드는 데 실패한 두 사람은 당가명을 찾아가 적우강을 만났던 일에 대해 설명했다. 물론 두 사람의 입장만을 고려한 얘기들이었다.

'백지야, 많이 야위었구나.'

당가명은 나무 위에 서서 땅에 박힌 두 자루의 검과 두 개의 검집을 회수하는 당백지를 보고 있었다.

그의 보호 아래서 자랐으면 저런 고생을 할 필요도 없었다. 구호와 안금명의 말을 신뢰하지는 않지만 없는 말을 꾸며내진 않았을 것이다.

"옷이 모두 찢겨져 쓰러진 걸 구해주었더니 오히려 화를 내며 가더군요. 혼자였습니다. 당 소저는 다른 곳에 두고 다니는 모양입니다. 소문이 과장된 것이란 걸 그때 알았습니다."

안금명에게 들었던 말을 떠올리고 있을 때였다.

적우강이 밟고 있던 검들을 하나둘씩 걷어차기 시작했다.

쾅! 쾅! 쾅!

세 번의 폭음으로 또다시 몇십 명의 수라정벌단이 날아갔다.

'제법이군. 다쳤다고 하더니 아니었나?'

당가명은 적우강의 신위를 보며 놀랐다.

안금명이 말했던 모습과는 완전히 달랐기 때문이다.

그러나 적우강을 칭찬할 마음은 조금도 없었다.

"저놈이군."

당가환을 고혼으로 만들고, 당백룡에게 씻을 수 없는 정신적 상처를 준 놈. 더구나 당백지를 그의 허락도 없이 데려가는 만행을 저지른 놈이었다.

단 두 번의 공격으로 장내를 제압한 적우강의 모습에 정도맹의 인물들은 놀라움에 입을 다물지 못하고 있었다.

적우강과 당백지의 환상적인 조화는 그만큼 좌중을 압도했다.

"놈! 그만 까불어라."

파달은 상대하던 당가인을 몸통으로 튕겨내고는 그대로 적우강을 향해 공격을 가했다.

쉬아아악.

적우강은 파달이 다가오는 것을 보면서도 움직이지 않았다.

파달의 뒤쪽으로 무섭게 날아오는 검은 인영을 본 까닭이다.

'당 가주……'

파달의 뒤를 쫓아온 인영은 당가명이었다.

양손을 들어 파달을 끌어당기는 시늉을 하더니 느려진 파달의 몸을 향해 다섯 손가락을 사선으로 그었다.

핏.

아주 단순한 동작이었다.

그러나 그 단순함에 얼마나 굉장한 힘이 담겨 있는지는 지켜보는 적우강만이 알 수 있었다.

'경고인가? 독이 통하지 않는 몸이란 없다… 결국 좋게 끝낼 수는 없겠군.'

적우강은 속으로 길게 숨을 내쉬었다.

파달도 보통 고수는 아니었다.

다가오는 당가명의 공격을 느끼고 몸을 비틀어 피했다. 하지만 당가명과 같은 고수에게 한 번 잡힌 약점이 만회될 리가 없었다.

부우욱—

파달의 가슴이 길게 찢어졌다.

"헉!"

파달은 자신의 가슴이 찢어진다는 것을 한 번도 생각해 본 적이 없었다.

그러나 그런 생각은 평소에 한 번쯤 했어야 했다.

쾅!

그 잠깐의 틈을 당가명은 놓치지 않았다.

그의 손이 거대한 흑수로 변해 그대로 파달의 전신을 때린 것이다.

스악.

파달을 때린 당가명의 눈이 적우강을 향했다.

무시무시한 안광이 그의 눈에서 흘러나왔다.

"······."

"······."

적우강은 그 시선을 그대로 받았다.

가만히 있는 물이 갑자기 끓어오르는 것처럼 달아올랐다. 어이없게도 감정적인 것이 아니라 무인으로서 당가명에게 느끼는 승부욕이 발동한 것이다.

당가명은 당백지에게는 시선도 주지 않고 다시 땅으로 떨어져 내렸다.

'대단한 놈. 저 나이에 내 시선을 태연하게 받아? 더 괘씸해지는군.'

당가명은 사실 파달을 때리면서 적우강의 반응을 살폈다. 굳이 나서지 않아도 되는 상황에서 나선 이유가 있었다.

알아서 기어라.

이 뜻을 전하려고 한 것이다.

그러나 실패로 돌아가고 말았다.

적우강은 너무도 태연히 당가명의 동작을 지켜보기만 했다.

채채챙!

"마도 놈들을 모조리 죽여라!"

누군가의 외침에 정도맹의 인물들은 수라정벌단을 밀어내기 시작했다.

당가명의 한 수로 사기가 크게 오른 것이다.

"알 수가 없군. 마중천의 인물들은 왜 부하들이 죽어가는 걸 보고만 있는 거지?"

적우강이 일부러 목소리에 내공을 실어 말했다.

파달이 죽기 전에 어딘가를 쳐다봤다.

"크, 묘하구나. 전부 죽일 수 있는 능력을 가졌으면서 왜 그렇게 하지 않지? 우리가 나가면 어찌 될지 아는 것 같은데 말이야."

"흐흐흐, 달콤하지 않느냐? 벌레처럼 쉽게 죽일 수 있는 놈들이 있어. 마음껏 죽여. 그래야 너희들에게도 희망이란 것이 생길 거 아니야. 난 그럴 때 너희들을 짓밟고 말이지. 짜릿하잖아."

사이한 목소리 둘이 동시에 흘러나왔다.

"사형의 말은 언제나 옳아. 그래서 사형이 좋아. 죽여, 죽여. 그럼 우리가 니들을 다 죽일게. 우헤헤."

둔한 목소리 한 명이 추가됐다.

이들은 마치 이 자리에 있는 수라정벌단이 전부 죽었어야 한다는 것처럼 아쉬운 목소리를 냈다.

『천마검선』 5권에서 계속‥

潛行武士
잠행무사

김문형 新무협 판타지 소설

**"흑랑성에 들어간 사람 중에
다시 강호에 나온 이는 없다."**

서장 구륜사와의 결전을 승리로 이끌며 중원무림에
홀연히 나타난 문파 흑랑성(黑狼城).
그러나 흉흉한 소문이 사실로 드러나 무림맹으로부터
사파로 지목받고 멸문당한다.

그로부터 일 년 뒤.
강호의 은원을 정리하고 금분세수를 하려는 청위표국의 국주 송현은
마지막으로 무림맹의 의뢰를 받아들인다.
그것은 바로 금지 구역 흑랑성에 잠행하는 일.

송현은 무림에서 외면받는 무사 네 명을 선출하여
소림승 진광과 함께 흑랑성에 들어간다.
흑랑성의 비밀이 하나씩 드러나면서 밝혀지는 진실은
그들을 목숨을 건 사투로 끌어들여 가는데……

**액션스릴러로 만나는 무협
잠행무사!**

유행이 아닌 자유추구 -
WWW.chungeoram.com
Book Publishing CHUNGEORAM

무영무쌍

김수겸
新무협 판타지 소설

그림자도 찾기 힘들고[無影],
가히 대적할 자도 없다[無雙]!
강호의 절대고수 무영무쌍!

청설위국의 위사 진세인,
그를 찾아오는 수많은 사람들.
그를 원하는 수많은 세력들.

거대한 음모의 소용돌이 속에서
그는 그를 버렸던 용부를 지켰고,
그에게 검을 겨눴던 무림맹과 십만마교를 구해냈다.

모든 것을 가졌던 황제가 끝까지
갖지 못했던 단 한 사람!
위사 진세인과 동료들의
강호행이 시작된다!

유행이 아닌 자유추구 -
WWW.chungeoram.com

Book Publishing CHUNGEORAM

몽월
新 무협 판타지 소설

대법왕
大法王

'중놈이 될 바에야 차라리 죽겠다!'

소주의 개고기[犬肉]라 불리는 동천몽.
십육 세 생일을 맞아 거하게 놀려던 찰나, 네 명의 승려가 난입한다.
그렇게 본의 아니게 활불이자 영생불사의 존재인 대법왕이 되어버리는데……

절대 중놈으로 살 수 없다는 주인공 동천몽과
악착같이 대법왕으로 모시려는 포달랍궁 사이의
밀고 당기는 싸움.

과연 그는 대법왕이 되어 군림할 것인가,
아니면 소주의 개고기로 돌아올 것인가!!

유행이 아닌 자유추구 -
WWW.chungeoram.com

Book Publishing CHUNGEORAM

뉴 월드
New World

김형신 게임 판타지 소설

검이라는 지휘봉을 바람에 흩날리며, 피의 악보와
비명의 화음으로 죽음을 지휘하는 자… 마에스트로.

최초의 가상현실 게임의 뒤를 잇는 뉴 월드의 출현.
마법과 기사, 신관, 몬스터의 서대륙. 주술과 검사, 무녀, 요괴의 동대륙.
현실과 또 다른 현실, 그 경계선에서 숨 쉬는 유저들.
그런 뉴 월드에 한 유저가 나타났다!

레벨 업을 위해서라면 잠도 포기한다!
아이템을 위해서라면 한자리에서 보름 내내 움직이지 않는다!
자신을 위해서라면 아부는 필수! 꼼수는 센스!

그가 뉴 월드에서 얻게 된 직업은 죽음의 지휘자…
마에스트로.

유행이 아닌 자유추구 -
WWW.chungeoram.com
Book Publishing CHUNGEORAM